Der Raubüberfall

20 % aus dem Erlös dieses Buches gehen an den
WEISSEN RING e.V.

Hans-Jürgen Grebe

Dank !

Mein besonderer Dank gilt meiner Frau Birgit. Sie hat mich gestützt, mich wieder aufgerichtet, wenn ich - völlig verzweifelt - aufgeben wollte. Ohne ihre Unterstützung hätte ich aufgegeben, den zermürbenden, langjährigen Kampf nicht zu Ende geführt.

Herstellung und Verlag:
Books on Demand GmbH, Norderstedt

ISBN 978-3-8391-9156-9

Mein Dank gilt weiterhin (in alphabetischer Reihenfolge):

Bundesministerium für Arbeit und Soziales, Bonn (siehe auch Nachwort)

Dr. Courtade und seinem Team, Universitätsklinik in Nimes (CHU)

Dr. Künzel, Orthopäde, Obertshausen

Prof. Löw und seinem Team, Orthopädische Universitätsklinik, Heidelberg

Nikolas Sarkozy, Präsident der Republik Frankreich

Techniker Krankenkasse

WEISSER RING e.V. (siehe auch Nachwort)

Vorwort

Am 24. Juni 2007 wurde ich in Südfrankreich am helllichten Tag von einem maskierten Räuber überfallen und dabei so schwer verletzt, dass ich bis an mein Lebensende schwerbehindert bin.

Ich habe versucht, aufgrund des Opferentschädigungsgesetzes der Europäischen Union eine Entschädigung zu erhalten. Meinen langjährigen Kampf, eine Entschädigung zu bekommen, habe ich niedergeschrieben. Davon handelt dieses Buch.

Dabei habe ich das erste Kapitel aus der Sicht des Täters geschrieben, wie es sich zugetragen haben könnte.

Das zweite Kapitel habe ich aus der Sicht eines Beamten am Gericht in Nimes geschrieben, also ebenfalls fiktiv.

Das dritte Kapitel habe ich aus meiner Sicht geschrieben. Es handelt folglich von den tatsächlichen, frustrierenden Erfahrungen, die ich im Laufe der

Jahre machen mußte.

Meine niedergeschriebenen Erfahrungen sollen für alle Opfer Ansporn sein, nicht aufzugeben, auch wenn es chancenlos erscheint, weiterzukämpfen.

Meine Erfahrungen führen auch hoffentlich dazu, dass das Verfahren vereinfacht wird, dass Opfer also künftig einfacher und schneller eine Entschädigung erhalten. Dies bedeutet letztlich auch, dass Opfer Zug um Zug dieselben Rechte wie Täter erhalten, d.h., kostenlos einen Anwalt und Dolmetscher, also endlich diese unerträgliche Schieflage beseitigt wird, dass Täter besser als Opfer gestellt sind. Denn einem Opfer werden seine Rechte nicht vorgelesen, weil er praktisch keine hat. Oder haben Sie schon einmal gehört, dass einem Opfer gesagt wird: "Sie haben das Recht auf einen Anwalt und wenn Sie sich keinen leisten können, bekommen Sie einen gestellt."

Ein Opfer hört das nicht…

Fünfzehn Prozent der Bevölkerung der Europäischen Union werden jährlich laut EU-Kommission Opfer einer Straftat. Am 19. Mai 2011 lese ich in der Zeitung, dass es von der EU einen Entwurf gibt, die Bedingungen für Opfer zu verbessern. Damit die Neuregelungen in Kraft treten können, müssen die Mitgliedsländer ihnen noch zustimmen.

Wer etwas verfolgt hat, wie lange in der EU gesetzliche Angleichungen, also die Harmonisierungen dauern, der wird darüber ins Grübeln kommen, wie viele Jahre es noch dauern mag, bis alle EU-Mitgliedsländer einheitlichen Bedingungen für Opfer zustimmen.

9

1. Kapitel

Das Leben ist schön !

(aus möglicher Sicht des Täters)

Mein Name ? Tut nichts zur Sache ! Mein Beruf ? Dieb ! Ja, Sie haben richtig gelesen. Man kann auch Räuber sagen, also jemand, der Leute überfällt und sie ausraubt.

Neulich habe ich einen Deutschen überfallen und ausgeraubt. Der ist dabei so schwer verletzt worden, mußte anschließend ins Krankenhaus und mehrstündig operiert werden. Na, hat Pech gehabt, war eben zur falschen Zeit am falschen Ort. Habe schnell mit meinem Kumpel alles Bargeld aus der Handtasche genommen und die Tasche mit allen Papieren drin dann sofort weggeschmissen. Ich bin doch nicht so blöd und laß mich evtl. mit den Papieren des Opfers erwischen. Beim Bargeld steht kein Name drauf, das kann man mir nicht als gestohlen anhängen.

Es war übrigens nicht allzu schwer, den Deutschen zu

überfallen. Woran ich gesehen habe, dass das Opfer ein Deutscher ist ? Kam doch von seinem Auto mit deutschem Nummernschild. Die Deutschen erwarten eben nicht, dass man am helllichten Tag, umgeben von Zeugen, überfallen wird. Die sind so blöd, glauben noch an das Gute im Menschen.

Weil es übrigens relativ leicht ist, einen Deutschen zu überfallen, zählen unter uns Kollegen vier Deutsche zu überfallen soviel wie einen Russen zu überfallen. Ja, die Russen, die haben diese interessanten Aktenkoffer bei sich, aber da passen sie auch gut drauf auf, lassen sich nicht so leicht überfallen. Die Polizei weiß auch, dass wir am liebsten Deutsche berauben. Die haben fast immer Bargeld bei sich. Lohnt sich also, sie zu überfallen. Die Polizei weiß übrigens auch, wo die bevorzugten Stellen sind, wo wir die Leute ausrauben. Sie bräuchten sich nur einmal auf die Lauer zu legen, dann könnten sie uns erwischen. Aber die haben kein Personal und keinen Bock drauf, im kalten Auto auszuharren. Warum sollten sie auch ? Die wissen aus

Erfahrung, dass wir umgehend wieder frei kommen, sollten wir doch einmal geschnappt werden. Deshalb schreiben sie lieber in der geheizten Amtsstube einen Bericht über unseren Überfall. So können sie dann auch noch einen heißen Kaffee trinken.

Ich habe auch keinen Bock, einer geregelten Arbeit nachzugehen. Mein Sozialarbeiter ist schon ganz verzweifelt. Er will mich unbedingt in ein geregeltes Leben führen. Für ein Programm "Rückführung von Straffälligen" hat man kürzlich ein Budget aus Steuergeldern bereitgestellt.

Habe aber keinen Bock auf ein geregeltes Leben. Mein Sozialarbeiter hat mir schon mehrere Jobs vermittelt. Da bin ich aber gar nicht erst hingegangen. Einmal mußte ich Sozialstunden leisten. Da bin ich dann tatsächlich hingegangen, weil mein Sozialarbeiter, fast weinend, mich so inständig darum gebeten hatte. Nach einer Viertelstunde bin ich da aber wieder abgehauen. Keinen Bock drauf!

Ich führe lieber ein freies Leben. So widersinnig sich das anhört. Ach so, Sie meinen, ich riskiere doch, dass ich in den Knast komme. Die Zeiten, dass man das befürchten mußte, sind Gott sei Dank vorbei. Sollte ich doch einmal geschnappt werden und vor Gericht stehen, haut mich mein Anwalt, zusammen mit meinem Psychotherapeuten und Sozialarbeiter, wieder raus. Dazu brauche ich dann nur mit treuem Augenaufschlag meine Geschichte zu erzählen, dass ich nämlich in ganz ärmlichen Verhältnissen aufgewachsen bin, keinen französischen Pass habe, nie im Leben eine richtige Chance hatte, mich das Umfeld eben zu dem gemacht hat, was ich geworden bin, den ganzen Schmus eben. Mein Sozialarbeiter fließt dann fast weg und kämpft für mich. Kein Richter riskiert es dann noch, mich zu verurteilen. Denn ich habe auch eine starke Lobby. Das ist die Bevölkerung. Die glaubt den ganzen Schmus.

Mittlerweile trete ich in Talk-Shows auf, erzähle meine Geschichte von den armseligen Verhältnissen, in denen

*ich aufgewachsen bin. Die Leute im Studio hängen
förmlich an meinen Lippen. Wenn ich richtig gut bin,
dann müssen sie zum Taschentuch greifen.*

*Vor kurzem hat mich nach einer Sendung sogar der
Programmdirektor umarmt. Er hat mir erzählt, dass
meine rührselige Geschichte die Einschaltquoten nach
oben getrieben hat. Er war begeistert. Das bedeutet
nämlich für den Sender, dass er mehr Geld für die
Werbung nehmen kann.*

*Ist ja wohl klar, dass es kein Richter mehr wagt, mich
zu verurteilen. Er hätte die gesamte Bevölkerung gegen
sich. Sollte es aber doch einmal ein Richter wagen,
mich zu verurteilen, boxt mich mein Anwalt im
Berufungsverfahren wieder raus.*

*Den Anwalt brauchte ich zu Anfang natürlich nicht zu
bezahlen, der Psychotherapeut und der Sozialarbeiter
werden natürlich auch nicht von mir bezahlt. Also -
und das ist jetzt kein Witz - sie werden von den Steuern
bezahlt, welche die Leute bezahlen, die ich überfalle.
Völlig schizophren, nicht wahr ? Kann man doch gut*

drüber lachen. Na, mir soll es egal sein.

Das Opfer übrigens, das arme Schwein aus dem Krankenhaus, Sie erinnern sich, musste übrigens einen Kredit aufnehmen, um einen Anwalt zu bezahlen. Der sollte für ihn eine Entschädigungszahlung vor Gericht durchsetzen. Ohne Anwalt - den das Opfer bezahlen mußte - lief da gar nichts. Fast hätte ich ja Mitleid mit dem armen Schwein gehabt. Der liegt übrigens wieder im Krankenhaus, mußte sich nochmals einer komplizierten Operation unterziehen, ist seit dem Überfall schwerbehindert, unbefristet heißt das, das bedeutet, er ist bis an sein Lebensende schwerbehindert. Habe ein Buch über mein Leben geschrieben. Über meine schwere Kindheit, das Milieu, in dem ich aufgewachsen bin, über die Überfälle. Verdiene also jetzt gleichsam ganz legal Kohle mit meinen Überfällen. Vielleicht wird das Buch noch verfilmt, gibt also noch mehr Kohle. Ob ich vielleicht dem Opfer, dem armen Schwein, Einnahmen aus dem Buch abgeben soll ? Schließlich hätte ich ohne ihn das Buch nicht schreiben können ! Nein, warum sollte ich !

Einem Kollegen von mir, also auch einem Dieb, waren bei seiner Festnahme Kabelbinder angelegt worden. In der Hektik der Festnahme hatte ein Polizist diese Kabelbinder etwas stramm angezogen. Mein Kollege hat einem Journalisten davon erzählt. Der Journalist hat daraufhin auf der Titelseite seiner Zeitschrift unter der Überschrift: "Polizei quält bei Festnahme" einen Riesenartikel gebracht. Die Auflage der Zeitschrift schoß in die Höhe. Alle Leser wollten mehr erfahren. Der Journalist hat dann einen Anwalt und einen Gutachter eingeschaltet und ist mit einer Klage auf Schmerzensgeld bis vor den Europäischen Gerichtshof gezogen. Danach hat ein deutsches Gericht ein Urteil zur Zahlung von mehreren Tausend Euro an den Täter gefällt, der dadurch in die Opferrolle geschlüpft war. Die Verkaufsauflage der Zeitschrift war traumhaft. Nach Zahlung der Kosten blieb dem Verlag noch ein fetter Gewinn. Mein Kollege wurde wegen des Überfalls freigesprochen, obwohl ihn mehrere Zeugen dabei gesehen hatten. Sein cleverer Anwalt hat aufgrund von Formfehlern im Gerichtsverfahren die Klage abweisen können. Der Polizist, der meinem Kollegen die Kabelbinder angelegt hatte, wurde vom Dienst suspendiert und verlor seine Pensionsansprüche. Das Opfer hatte seit dem Überfall unentwegt Schmerzen. Hat sich das Leben genommen.

Sitze gerade auf einem Hügel in der Sonne und rechne meine Einnahmen hoch. Von hier habe ich auch einen Blick auf das Krankenhaus, in dem das arme Schwein gerade liegt und wieder operiert wird.
Mein Sozialarbeiter hat mir von einem Gedicht erzählt, dass ein französischer Dichter des neunzehnten Jahrhunderts, Arthur Rimbaud, geschrieben hat: "La vie est la, simple et tranquille." Der hat aus dem Gefängnis heraus die Sehnsucht nach der Stadt beschrieben, die er nicht erreichen konnte, weil er ja im

Knast saß. Nun, das war im neunzehnten Jahrhundert. Heutzutage läuft man, Gott sei Dank, kaum mehr Gefahr, als Dieb eingesperrt zu werden.

Eigentlich hätte ich jetzt einen Termin mit meinem Sozialarbeiter. Habe ich aber keinen Bock drauf. Sitze lieber hier in der Sonne.

Das Leben ist schön !

2. Kapitel

Wir sind dafür da, Ihnen zu helfen

(aus möglicher Sicht eines Gerichtsbeamten)

Entschädigung der Opfer von Gewalttaten im Ausland aufgrund der EU-Richtlinie 2004/80/EG vom 29. April 2004 (Opferentschädigungsgesetz)

Am Tag 124 - also gut vier Monate nach dem Überfall - schreiben meine Kollegen vom Justizministerium in Paris das Opfer an und teilen ihm mit, dass es die Möglichkeit hat, einen Antrag auf Entschädigung zu stellen. Vorher hatte sich das Opfer an den WEISSEN RING gewandt, der ihm empfohlen hatte, sich an das Bundesministerium für Arbeit und Soziales in Bonn als zuständige deutsche Unterstützungsbehörde zu wenden. Meine Kollegen weisen das Opfer darauf hin, dass sie allerdings nicht zuständig sind, und es dafür einen Antrag an die Opferentschädigungskommission in Nimes stellen muß.

Nach dem Gesetz Nummer 77-5 vom 3. Januar 1977 und den Gesetzen Nummer 81 - 82 vom 2. Februar 1981, Nummer 83 - 608 vom 8. Juli 1983 und 6. Juli 1990 und Nummer 2000 - 516 vom 15. Juni 2000 sind wir in seinem Fall in Nimes zuständig.
Weiterhin informieren die Kollegen aus Paris mit ihrem Schreiben vom 26. Oktober 2007 das Opfer wie folgt:

"Der Gesetzgeber wollte die formalen Anforderungen möglichst gering halten. Deshalb reicht es für das Opfer aus, der Geschäftsstelle des Gerichts einen Antrag auf Entschädigung zu überreichen oder ihn per Einschreiben mit entsprechenden Nachweisen für die erlittenen Schäden zu schicken.
Es besteht keine Pflicht, einen Rechtsanwalt zu bestellen."

Wenige Tage später, am 4. Dezember 2007 - am Tag 163 nach dem Überfall - schickt mir das Opfer einen Antrag auf Entschädigung an meine Gerichtsanschrift in Nimes. Beigefügt hat das Opfer zwei Polizei-Protokolle von Nimes (auf Französisch, da diese logischerweise auf Französisch vorliegen) sowie den Bericht der Universitätsklinik in Nimes (logischerweise auch auf Französisch) und einen Bericht der Orthopädischen Universitätsklinik Heidelberg, frecherweise nicht von einem zugelassenen teuren Dolmetscher übersetzt.

Fast drei Monate nach Eingang seines Antrags bei mir - am Tag 241 nach dem Überfall - fragt das Opfer doch tatsächlich schon nach, dass es leider noch keine Antwort auf sein Antragschreiben erhalten habe. Dem habe ich erst einmal zurückgeschrieben, er möge doch bitte sein Schreiben vom 20.2.2008 (eine Zeile) übersetzen.

Bereits am Tag 260 fragt die deutsche Unterstützungsbehörde bei den französischen Kollegen in Paris nach und bittet um zeitnahe Bescheidung des Antrags oder einen Zwischenbescheid. Da das Opfer dann weder von uns in Nimes noch von Paris eine Antwort bzw. einen Zwischenbescheid erhalten hat, bittet das Opfer bereits am Tag 301 nochmals um Hilfe aus Bonn. Mit Schreiben vom 19.5.2008 (Tag 33) wendet es sich doch tatsächlich schon wieder an uns in Nimes und bittet um Antwort auf seinen Antrag vom 4. Dezember 2007. Am Tag 331 antworten meine Kollegen in Paris auf die Nachfrage der Kollegen aus Bonn vom Tag 260 und teilen ihnen mit, sie mögen das Opfer informieren, dass es einen Antrag stellen müsse, und zwar in Form des beigefügten siebenseitigen Formulars einschließlich aller Kopien. Nach Antragstellung in Nimes werde ich dann den Antrag an den Garantiefonds für Opfer von Straftaten weiterleiten, der dann, wiederum innerhalb innerhalb von zwei Monaten ab Eingang des Antrags, -zusammen mit den Belegen- ein Entschädigungs-angebot macht.

Das Opfer hat dann zwei Monate Zeit, um dieses gütliche Angebot anzunehmen oder abzulehnen.

Natürlich steht auch hier unser Motto im Briefkopf:

"Wir sind dafür da, Ihnen zu helfen"
("Nous sommes la pour Vous aider")

Am Tag 394 schickt mir das Opfer nochmals einen Antrag, diesmal das ausgefüllte siebenseitige Formular einschließlich diverser Anlagen. Am Tag 422 bestätige ich dem Opfer den Eingang seines Antrags und teile ihm das Aktenzeichen mit.

Das finde ich nun aber frech: Nachdem das Opfer bis zum Tag 616 nichts mehr von uns gehört hat, schreibt es doch bereits am 1. März 2009 an unseren Präsidenten und bittet diesen um Hilfe.

Zu dumm ! Da kann man sich ja noch nicht einmal mehr auf den eigenen Präsidenten verlassen. Anstatt mit uns an einem Strang zu ziehen, um gemeinsam eine Entschädigungszahlung zu verhindern, was mir bis jetzt nahezu zwei Jahre lang erfolgreich gelungen ist, sorgt der doch tatsächlich dafür, dass die Bearbeitung der Akte wiederaufgenommen wird. Zu blöd ! Da hat es doch nichts gebracht, die Akte einfach unbearbeitet liegen zu lassen und zu hoffen, dass das Opfer frustriert und zermürbt aufgibt.

Aber jetzt muß das Opfer zumindest seinen Antrag nochmals stellen. Also zum dritten Mal. Diesmal auf Französisch ein Formular einschließlich aller Anlagen an die Kollegen in Paris im französischen Justizministerium. Das macht das Opfer dann auch am 28. Mai 2009, also am Tag 704 nach dem Überfall. Somit bestätigen die Kollegen in Paris den Eingang des Antrags, den sie im Juni 2009 erhalten haben, am Tag 750, dem 13. Juli 2009, mehr als zwei Jahre nach dem Überfall.

Mal sehen, ob es diesmal was bringt, auch diesen Antrag wieder unbearbeitet liegen zu lassen.

Gibt das Opfer denn gar nicht auf ? Fragt es doch am Tag 851 in Bonn nach. Jetzt muß ich wohl doch mal tätig werden. Schreibe dem Opfer also sechs Seiten auf Französisch. Vielleicht läßt sich eine Entschädigungszahlung ja noch vermeiden, weil das Opfer den Inhalt des Briefes nicht versteht oder keine Möglichkeit hat, nach Straßburg zu fahren.

Also ergeht von mir der Beschluß, nein, natürlich nicht auf eine Entschädigungszahlung, wo denken Sie hin, sondern zu einem Untersuchungstermin bei einem Amtsarzt in Straßburg.

Mir liegen zwar die offiziellen Berichte der Universitätsklinik in Nimes und der Orthopädischen Universitätsklinik in Heidelberg vor, aber, na ja, vielleicht ergibt sich aus dem Gutachten, dass ich doch noch eine Entschädigungszahlung verhindern kann.

Ich teile dem Opfer also am Tag 891 mit, es möge nach Straßburg fahren. Natürlich kann das Opfer dagegen Einspruch erheben. Dann hätte es aber die Möglichkeit verwirkt, eine Entschädigungszahlung zu erhalten.

Mal sehen, ob das Opfer nach Straßburg fährt.

*Der Amtsarzt bittet das Opfer dann zu einem
Untersuchungstermin am 25. Februar 2010, dem Tag
977.*

*Da fährt das Opfer doch tatsächlich nach Straßburg.
Es läßt sich offenbar nicht abschütteln.*

*Am 999. Tag, dem 9. März, informieren die Kollegen in
Paris das Opfer, dass es nach seinem Besuch beim
Amtsarzt einen Antrag auf Schadensregulierung bei
der CIVI, bei mir in Nimes stellen kann, da die
Entscheidung über eine Entschädigung erst nach
Einreichung eines Antrags getroffen werden kann.
Natürlich steht auf dem Briefkopf unserer Kollegen in
Paris auch unser Motto: "Wir sind dafür da, Ihnen zu
helfen."*

Ob sich das Opfer jetzt aus dem Fenster stürzt ?

*Wenn es sich nicht aus dem Fenster stürzt, ja, dann
muß ich die Hürden zur Erlangung einer
Entschädigungszahlung offenbar nochmals massiv
höher legen. So hoch, denke ich, dass das Opfer diese
Hürden nicht mehr überwinden kann.*

Was es also bedeutet, dass ich dem Opfer geschrieben habe, dass es seinen Entschädigungsantrag gemäß den

"allgemein geltenden rechtlichen Bestimmungen über die zivilrechtliche Haftung in Frankreich beziffern"

muss, wird das Opfer noch nicht ahnen.

Anders ausgedrückt, die Entschädigungssumme, die es angeben soll, muß es aus einer Liste von Einzelpositionen berechnen. Das kann das Opfer aber nicht, das kann nur ein Anwalt, zumal das Opfer gar keinen Zugang zu dieser Liste hat.

Jetzt habe ich aber wirklich alles nur Erdenkliche getan, was in meiner Macht steht, um eine Entschädigungszahlung zu verhindern.

Spätestens jetzt wird das Opfer wohl aufgeben   - müssen !

Schützenhilfe erhalte ich von meinen Kollegen in Nimes. Gemeinsam haben wir jetzt aber, so hoffe ich, die Hürden hoch genug aufgebaut, so hoch, dass es nicht mehr zu einer Entschädigungszahlung kommen kann. Gemeinsam sind wir stark. Was die Kollegen dem Opfer schreiben, ist schon perfekt. Herrlich !

Am Tag 1.003, nachdem das Gutachten des Amtsarztes vorliegt, schreiben meine Kollegen vom TRIBUNAL DE GRANDE INSTANCE in Nimes das Opfer an und bitten es, (fett gedruckt):

"Ihre quantifizierten Ansprüche in Form eines Schriftsatzes einzureichen, damit Ihr Fall so früh wie möglich zur mündlichen Verhandlung (in Nimes / Südfrankreich) anberaumt werden kann"

Natürlich auf Französisch !

Am Tag 1.026 (15. April 2010) schreibt das Opfer zurück und erhebt einen Anspruch, nicht in Form eines Schriftsatzes, lächerlich ! Das war sein Antrag auf Entschädigung Nummer vier.

Am besten, wie gewohnt reagieren, nämlich gar nicht, war bisher fast immer erfolgreich.

Jetzt hat das Opfer tatsächlich doch noch einen Anwalt eingeschaltet. Der reicht bei mir Antrag Nummer fünf ein.

Woher hat das Opfer das Geld, sich einen Anwalt zu nehmen ? Hat es etwa noch Kredit von seiner Bank bekommen ? Das hatte ich blöderweise verpennt. Ich hätte seiner Bank einen Wink geben sollen, dem Opfer keinen Kredit mehr zu geben.

Jetzt können wir uns einer Entschädigungszahlung wohl nicht mehr entziehen.

Ein Trost: Per Saldo wird dem Opfer nach Abzug seiner Anwaltskosten und der Kosten, die es im Zusammenhang mit dem Überfall hatte und noch haben wird, wohl kaum noch etwas übrig bleiben.

Am 11. Oktober 2010, Tag 1.205, macht die Opferentschädigungskommission in Marseille dem Anwalt ein Angebot, welches das Opfer annimmt.

Heute schreiben wir den 28. Februar 2011, Tag 1.345 nach dem Überfall. Geld hat das Opfer noch keins gesehen.

"Honey soit, qui mal y pense"

(Ein Schelm, der Böses dabei denkt)

3. Kapitel

Schnell und unbürokratisch !

(aus meiner Sicht, der Sicht des Opfers)

"Du Schwein" habe ich noch gerufen. Dann wurde ich ohnmächtig.

Wenige Sekunden vorher waren meine Frau und ich bei herrlichem Wetter aus der Eingangstür des Hotels in Nimes in Südfrankreich getreten und zum Auto gegangen. Auf der rund 2.000 Kilometer langen Strecke auf dem Weg nach Spanien hatten wir auf ziemlich genau halber Strecke im Hotel übernachtet. Jetzt wollten wir noch im Hotel frühstücken, danach die Weiterfahrt nach Spanien antreten. Mit den Hunden war ich bereits Gassi gegangen. Sie waren schon im Auto. Meine Frau wollte noch ihre Handtasche ins Auto legen und fragte mich, warum ich das nicht auch mit meiner Herrenhandtasche mache. "Nein", habe ich geantwortet. "Das ist mir zu gefährlich. Stell Dir vor, das Auto wird geklaut. Dann *haben die Diebe alle Papiere, Bank- und Kreditkarte und sogar noch die Autopapiere. Das ist ja so, als würde man Geheimnummer und Bankkarte zusammen aufbewahren. Meine Handtasche möchte ich lieber bei mir behalten. Das ist mir sicherer". Ich merkte, dass sie von meiner Antwort nicht überzeugt war, aber sie beließ es dabei und ich legte meine Handtasche nicht ins Auto. Meine Frau verschloss das Auto, dabei fragte sie mich: "Hörst Du das auch ? Da steht ein Auto mit laufendem Motor, so eine Umweltverschmutzung!". Wir maßen dem mit laufendem Motor wartenden Auto , das wir nicht sehen konnten, weil es hinter anderen parkenden Autos stand, keine weitere Bedeutung zu. Ein für mein weiteres Leben verhängnisvoller Fehler, wie sich Sekunden später zeigen sollte.*

Der Überfall

Weil ich nicht bis zum Auto gegangen war, um meine Handtasche auch hineinzulegen, stand ich bereits einige Schritte vor dem Hoteleingang, mit dem Gesicht zum Hoteleingang, um auf meine Frau zu warten, um dann mit ihr gemeinsam zum Frühstück zu gehen, während meine Frau, wenige Meter abseits, das Auto abschloss.

In diesem Moment sprang mich von hinten jemand an und wollte mir meine Herrenhandtasche entreißen. Reflexartig drehte ich mich um und blickte in die Augen einer Person mit weißer Hautfarbe. Mehr als die Augen der Person, die dabei war, mich zu überfallen und zu berauben, konnte ich nicht sehen, da die Person eine schwarze Strumpfmaske trug. Ob es sich um einen Mann oder eine Frau gehandelt hat, kann ich noch nicht einmal sagen. Die Person war relativ klein und zierlich. "Du Schwein" rief ich noch. Dann weiß ich nichts mehr. Ich wurde ohnmächtig. Als ich wieder zu mir kam, lag ich vor dem Hoteleingang auf dem harten

Betonboden. Ich wollte aufstehen. Höllische Schmerzen in meiner rechten Schulter und rechtem Arm ließen das nicht zu.

Meine Frau, die herbeigeeilt war und andere Hotelgäste, die den Überfall durch die Glasfenster aus dem Frühstücksraum beobachtet hatten, wollten mir helfen. Ob den Hotelgästen vor Schreck das Baguette aus dem Mund gefallen war, kann ich nicht sagen. Sie hatten alles live mit ansehen können, ohne dafür GEZ-Gebühren zahlen zu müssen. Die ebenfalls herbeigeeilte Hotelchefin verschwand wieder und brachte einen Stuhl. Auf den sollte ich mich setzen. Es ging nicht. Die Schmerzen waren einfach nur höllisch. Ich hatte das Gefühl, jede Sekunde vor Schmerzen wieder ohnmächtig zu werden. So vorsichtig wie möglich halfen mir meine Frau und andere Hotelgäste auf den Stuhl. Die Hotelchefin verschwand wieder, um mir etwas zu trinken zu holen. Ich erfuhr, dass die Person, die mich überfallen und mir dabei meine Herrenhandtasche geraubt hatte, nach dem Überfall zu einem dunklen Auto gesprintet war, das in der Zwischenzeit vorgefahren war, in das Auto gesprungen und dann durch das geöffnete massive Tor der Hotelanlage davongebraust war. Vielleicht war es ein Gaunerpärchen.

Ein Hotelgast hatte sich geistesgegenwärtig die Autonummer notiert. Wie sich später herausstellen sollte, war das Auto gestohlen. Jetzt rief ich erst einmal die Schwiegermutter an, um ihr mitzuteilen, dass ich soeben überfallen und schwer verletzt worden war. Den Anruf machte ich selbst, denn meine Frau und ich hatten überlegt, dass wir die Phantasie der Schwiegermutter weniger stark strapazieren würden, wenn ich sie über die schwere Verletzung selbst informieren würde. Ich lebte ja noch. Es dürfte für sie schon schwer genug gewesen sein, diese Nachricht zu verkraften. Gleichzeitig bat ich ihren Lebensgefährten, meine Bank anzurufen, um meine Kredit- und Bankkarte zu sperren. Kurze Zeit später kam der Rückruf, es sei ja Sonntag und die Bank folglich nicht zu erreichen. Die zentrale Notrufnummer gab es damals noch nicht und die ellenlange Notrufnummer, die es gab, wusste ich natürlich nicht. Irgendwie hat es ihr Lebensgefährte dann geschafft, meine Karten zu sperren.

Wenig später kamen Polizei und Krankenwagen, von der Hotelchefin angerufen. Ziemlich wacklig auf den Beinen stieg ich in den Krankenwagen und mußte mich mit meiner linken Hand an der von der Decke baumelnden Halteschlaufe festhalten - wie im Bus oder in der Straßenbahn. Ob dieses Transportieren von mir in meinem Zustand mit der Gefahr, jede Sekunde wieder ohnmächtig vor Schmerzen zu werden, den Vorschriften entsprach, vermag ich nicht zu sagen. Ist mir im nachhinein auch egal. Der Beifahrer saß mir gegenüber und hätte mich wahrscheinlich aufgefangen. Der Fahrer des Krankenwagens fuhr jedenfalls sehr langsam. Gut, dass mir der Täter kein Messer in den Bauch gerammt hatte. Trotz des sehr vorsichtigen Fahrens hatte ich bei jeder kleinsten

Bodenerhebung - mag es nur ein Stück Papier gewesen sein - den Eindruck, als donnere er über ein Schlagloch.

Schnell und unbürokratisch

In der Universitätsklinik in Nimes (CHU) angekommen, erfuhr ich dann, was schnelle und unbürokratische Hilfe bedeutet. Natürlich mußte auch ich erst einmal in der überfüllten Notaufnahme warten. In der Zwischenzeit war meine Frau auch im Krankenhaus angekommen. Sie hatte als erstes die Hunde wieder aufs Zimmer gebracht und eindringlich gebeten, keinen Zimmerservice zu machen, da bei dieser Gelegenheit die Hunde ansonsten aus dem Zimmer hätten entweichen können. Sie hoffte, dass man sie verstanden hatte. Dann hatte sie an meiner Stelle den Überfall zu Protokoll gegeben und anschließend war sie - hinter dem Polizeiwagen herfahrend - zum Krankenhaus gefahren.
Dort war ich jetzt an der Reihe und versuchte auf Deutsch, Englisch und Französisch den Grund meines Hierseins im Krankenhaus zu erklären und dass ich horrende Schmerzen in meiner rechten Schulter und

meinem rechten Arm hatte. Es ging zum Röntgen.
Man konnte den getroffenen Bereich nicht sofort
richtig vom Röntgengerät erfassen. Ich schrie bei jeder
kleinen Bewgung vor Schmerzen. Nach einer Wartezeit
gab es das Gespräch mit dem diensthabenden Arzt, bei
dem meine Frau und ich einen Blick auf die
Röntgenaufnahmen werfen konnten. Was wir sahen,
erläuterte uns der Arzt, bedeutete umgehende
Operation. Meine Frau und ich schauten uns sprachlos
an. Anschließend Minimum mehrere Tage stationärer
Krankenhausaufenthalt, ergänzte der Arzt.

Was passiert mit den Hunden ? Wie kann meine Frau
in der fremden Stadt das Hotel wiederfinden ? Was ist
mit einer Krankenhauseinweisung ohne Papiere ? Nur
Fragen, keine Antworten.

Aber jetzt erfuhr ich erst einmal schnelle und
unbürokratische Hilfe. Ohne Krankenkassenkarte,
ohne Personalausweis - ebenso wie Bank- und
Kreditkarte, Führerschein und Bargeld war ja alles
geraubt - wurde ich stationär aufgenommen und für die

Operation vorbereitet.

Schnelle und unbürokratische Hilfe ist das, was Ihnen die per Hubschrauber eingeflogenen Politiker beispielsweise bei einem Hochwasser vor den laufenden Fernsehkameras versprechen. Sie als naiver Tagträumer denken da an eine Soforthilfe in bar und an eine Hilfe innerhalb weniger Monate, damit Sie Ihr Haus oder Ihre Wohnung renovieren können. Der Clou besteht darin, dass Sie als Opfer beweisen müssen, dass Sie überhaupt einen Schaden gehabt haben. Das geht nur per vorgegebenem Antrag. Falls das Hochwasser wichtige Unterlagen, die Sie beifügen sollen, weggespült hat. Ihr Pech! Kann ja sonst schließlich jeder kommen, und um Hilfe bitten. Dieses Beispiel führt zu einer Kernaussage:

Es ist besser, Täter als Opfer zu sein !

Denn als Opfer haben Sie schlechte Karten, wie ich leidvoll in den Jahren, in denen ich mich um Hilfe bemüht habe, erfahren musste. Ja, Sie haben richtig gelesen. Es hat Jahre gedauert, bis ich Hilfe in Form einer Entschädigung erhalten habe. Meine Gesundheit konnte die Entschädigung nicht wiederherstellen. Durch den jahrelangen Zermürbungsprozess hat man natürlich versucht, Ansprüche abzuwehren, zu erreichen, dass man - völlig gefrustet - irgendwann seine Bemühungen einstellt, doch noch eine Entschädigung für die Krankenhausaufenthalte, die REHA, die Physiotherapie, die ganzen Arzttermine und Fahrtkosten sowie den Schwerbehindertenzustand bis zum Lebensende zu erhalten.

Es gibt da nämlich Heerscharen von eilig über die Flure in Straßburg und Brüssel laufenden Beamten, die sich beflissen damit beschäftigen, wie man noch mehr Gesetze und Formalien aufbaut, um es Ihnen als Opfer noch schwerer zu machen, Ihre Bitte um Entschädigung formal und zeitlich richtig zu stellen und dann natürlich auch noch zu erhalten. Sie denken jetzt, ich habe mich verschrieben: Es sollte "leichter" machen statt "schwerer" machen heißen. In der Theorie haben Sie recht. In der Praxis bedeuten die immer neuen Gesetze und Formalien, dass für Sie als Opfer das Dickicht immer undurchdringlicher wird und Sie - völlig frustriert und genervt - aufgeben.

Jetzt hatte ich Ihnen "schnell und unbürokratisch" bereits am Hochwasserbeispiel erläutert. Ich habe mich in den ganzen Jahren so gefühlt wie ein Nichtschwimmer, dessen Boot untergeht und der ans Ufer um Hilfe ruft und von dort die Antwort erhält, man solle doch diese Bitte um Hilfe erst einmal auf dem gesetzlich vorgeschriebenen Antragsformular und in der Landessprache - in meinem Fall also auf Französisch - einreichen.

Merken Sie was ? Die Opferrolle ist wieder die schlechtere Rolle.

Als Opfer müssen <u>Sie</u> beweisen, dass Ihnen ein Schaden enstanden ist. Als Täter hingegen muss man Ihnen nachweisen, dass Sie die Tat, der Sie beschuldigt werden, auch begangen haben. Falls das nicht gelingt, muss das zu dem allseits bekannten Spruch führen: "Im Zweifel für den Angeklagten". In Fernsehkrimis *wird dieses Grundprinzip der Justiz manchmal nicht eingehalten. Da wird dann der Beklagte aufgefordert, seine Nichtschuld zu beweisen. Diese Arbeit müssen sich aber die Ermittler machen. Noch anders sieht es oftmals in amerikanischen Krimis aus. Da gibt es hahnebüchene Serien, wo jemand als Täter ausgeguckt wird und es nur noch - egal wie - darum geht, ihn als Täter zu überführen. In andere Richtungen wird gar nicht mehr ermittelt. Aber das führt jetzt zu weit vom Thema ab.*

Die Kernaussage bleibt auch hier: Als Täter sind Sie in Europa besser gestellt, als Opfer schlechter. Der bzw. die Täter, die mich überfallen haben, hätten - würden sie denn jemals geschnappt werden - das Recht auf einen Anwalt, soweit sie ihn selbst nicht bezahlen können, ebenso, soweit erforderlich, das Recht auf einen Dolmetscher und auf die Klageschrift in ihrer Muttersprache. Natürlich alles kostenlos für den Täter und ohne dass er sich um Anwalt oder Dolmetscher kümmern muss. Darüber hinaus hat er Anspruch darauf, dass sein Fall innerhalb zumutbarer Zeit verhandelt wird. Sie lesen von all den Ansprüchen, die ein Täter hat, von all diesen Ansprüchen lesen Sie bei einem Opfer nichts, denn es hat keine.

Ich als Opfer, das musste ich im Laufe der Jahre feststellen, muss mir auf meine Kosten im Ausland einen Anwalt suchen, den ich bezahlen muss, bevor er tätig wird, musste diverse Anträge auf Deutsch und Französisch ausfüllen und beizufügende Unterlagen professionell auf Französisch übersetzen lassen. Das alles unter der Überschrift - Sie wissen schon - "Schnelle und unbürokratische Hilfe" aufgrund des Gesetzeswerkes, das sich Opferentschädigungsgesetz nennt. Sie denken jetzt, das polizeiliche Protokoll des Überfalls liegt doch auf Französisch vor, der Bericht des operierenden Arztes bzw. des Krankenhauses ebenfalls auf Französisch. Beides eingereicht, müsste doch reichen, um damit einen Antrag auf Entschädigung zu stellen. Dies, zumal ja im Opferentschädigungsgesetz geschrieben steht, dass man den formalen Aufwand möglichst gering halten will.

Hier bitte laut und ausdauernd lachen!

Beim Weiterlesen erfahren Sie, wie viele Anträge bis hin zum anwaltlichen Schriftsatz ich im Laufe der Jahre habe stellen müssen. Aha, noch sind Sie also der Tagträumer, der "schnell und unbürokratisch" im Hinterkopf hat und daran glaubt.

Als Täter wird man Sie übrigens mit Glacehandschuhen anfassen. Ein Staatsanwalt bzw. Richter brummt Ihnen vermutlich allenfalls eine Bewährungsstrafe auf, alles andere könnte seiner Karriere schaden, denn als Täter werden Sie von den Medien zum Opfer Ihrer Umwelt gemacht. Wer wagt es, Sie hart zu bestrafen? Vielleicht wenden Sie sich als Täter sogar an weiterführende Instanzen für Menschenrechte. Wer Sie dann vorher bedroht oder hart bestraft hat, kann seine Karriere abschreiben. Haben Sie hingegen schon einmal ein Opfer in den Schlagzeilen gesehen? Ein Opfer ist für die Medien uninteressant, bringt keine Einschalt- oder

Kaufquoten. Folglich kann man ein Opfer auch sozusagen verhungern lassen, in langen Jahren bis zur Aufgabe zermürben. Allenfalls erscheint eine kurze Notiz auf der letzten Seite.

Voraussetzungen, um Opfer zu werden

Sollten Sie trotz meines Hinweises, besser Täter als Opfer zu werden, doch innerhalb Europas zum Opfer werden, so muß ich Sie eindringlich bitten, folgende Voraussetzungen zu erfüllen:

Werden Sie nur Opfer, wenn Sie

1. *die Landessprache des Landes, in dem Sie zum Opfer werden - wie ein vereidigter Dolmetscher - in Wort und Schrift beherrschen.*
2. *juristische Fachkenntnisse (mindestens das erste juristische Staatsexamen) vorweisen können.*
3. *ein finanzielles Polster oder genügend Kredit haben, um all Ihre Kosten und die Ihres Anwalts bezahlen zu können.*

Sie erinnern sich, ein Täter braucht das alles nicht, dem finanziert alles der Staat bzw. der Steuerzahler. Sollten Sie deshalb auch nur eine dieser Voraussetzungen nicht oder nicht annähernd erfüllen, haben Sie, das sage ich Ihnen aus meiner Erfahrung, ganz schlechte Chancen, dass Ihre form- und fristgerecht eingereichten Anträge auf Entschädigung in zumutbarer Zeit beschieden werden.

Entsprechend dem Opferentschädigungsgesetz war mir am Anfang mitgeteilt worden, dass ich - natürlich - keine französischen Sprachkenntnisse benötige und man mir - innerhalb von zwei Monaten - nach Weiterleitung meines Antrags eine Entschädigungssumme anbieten werde, die ich dann annehmen oder ablehnen könne. Mittlerweile sind Jahre seit Einreichung meines ersten Antrags vergangen...

Bei dem Grübeln darüber kam mir der Gedanke, dass man mir vielleicht eine Mitschuld an dem brutalen Raubüberfall anhängen möchte. Ist es denn nicht von mir höchst suspekt, dass ich mich am helllichten Tag rund zwei Meter vor dem Eingang eines Hotels aufhalte, wie es Tausende von Urlaubern und Geschäftsleuten täglich in diesem und anderen Hotels auch machen?

1.000 km ohne Pause

Im Krankenhaus wurde ich am Spätnachmittag des Überfalltages über kilometerlange Flure, so zumindest mein Eindruck, zum Operationsaal geschoben. Im Saal vor dem OP kramte ich all meine Französischkenntnisse zusammen, um die Fragen des Anästhesisten zu beantworten. Einem Täter wäre hier vermutlich ein für ihn kostenloser Dolmetscher beigestellt worden, dachte ich noch. Dann wurde es dunkel. Sieben Stunden später, weit nach Mitternacht, wurde ich geweckt. Ich schwitzte wie noch nie zuvor in meinem Leben. Dann wurde ich wieder zum Röntgen geschoben, danach aufs Zimmer. Wo ist mein Handy, um meine Frau anzurufen? Es war da, wo ich es zurückgelassen hatte. Mit ziemlich belegter Stimme rief ich das Handy meiner Frau an, mit einem deutschen Handy zu einem anderen deutschen Handy innerhalb Frankreichs, egal. "Hier spricht ein Frischoperierter" waren die erlösenden Worte, die meine Frau gerne

- mitten in der Nacht - von mir hörte. Dann war Schlafen angesagt.

Nachdem meine Frau am Vortag hinter einem Taxi hergefahren war, um wieder zurück zum Hotel zu finden, kam sie am nächsten Tag gleich mit einem Taxi. Am Tag des Überfalls hatte sie nochmals ihre Mutter angerufen. Ihre Mutter zahlte dann am darauffolgenden Montag auf das Konto meiner Frau Geld ein, damit wir mit der Kreditkarte meiner Frau - die war ja nicht geraubt worden - alle Ausgaben bestreiten konnten. Die 2 x täglichen Taxikosten und die zusätzlichen Hotelübernachtungen in Höhe von € 370,- waren der Beginn einer von mir zu tragenden Kostenlawine, die im Zusammenhang mit dem Raubüberfall anfallen sollte. Aber das habe ich im Krankenhaus Gott sei Dank noch nicht geahnt. Niemand der Bürokraten in Straßburg oder Brüssel macht sich wahrscheinlich Gedanken darüber, welche enormen Kosten vom Opfer zu tragen sind. Sollten Sie jemals eine Entschädigung erstreiten, so dient diese in erster Linie dazu, die Kosten zu erstatten, die sie als Opfer hatten. Nicht gerechnet ist dabei die Zeit, für die sie nicht entschädigt werden. Mittlerweile dürften es Monate sein, die ich in Krankenhäusern, in Diagnosezentren, bei Arztbesuchen und Therapien verbracht habe.

Etwa ein halbes Dutzend Schläuche mögen es wohl gewesen sein, die in und aus meinem Körper führten. Erst am übernächsten Tag nach meiner Operation wurde ich nach Telefonnummer der Krankenkasse in Deutschland gefragt. Das war aber eine zentrale Servicenummer, die man aus dem Ausland nicht anrufen konnte. Also den Heilpraktiker-Kollegen meiner Frau angerufen, der uns eine örtliche Telefonnummer geben konnte. Diese Telefonnummer rief dann die Verwaltung des Krankenhauses an. Die Krankenkasse in Deutschland hat dann noch am selben Tag ein Bestätigungsfax zur Kostenübernahme nach Nimes geschickt. Das nenne ich wahrlich schnelle und unbürokratische Hilfe, die im Gegensatz zu dem stand, was ich dann im Laufe der Jahre bei meinen Bemühungen erfahren musste, eine Entschädigung zu erhalten.

Am fünften Tag durfte ich, weil ich so gedrängt hatte, das Krankenhaus verlassen. Aber was nun? In Nimes waren wir auf halbem Weg nach Spanien, d.h., es waren rund 1.000 bis zurück nach Hause, aber auch rund 1.000 weiter nach Spanien. In jedem Fall musste meine Frau die Strecke allein fahren, denn ich trug ein sogenanntes Abduktionskissen an der rechten Schulter, das meine Frau in einer Apotheke an der Klinik hatte kaufen müssen. Wir überlegten. Von der Entfernung her war es praktisch egal und die Rüttelautobahn zwischen Basel und Karlsruhe gab es praktisch nicht mehr. Da ich unsere Hunde zu Hause abends immer in den ersten Stock trage, gaben die Hunde schließlich den Ausschlag. In Spanien gab es nur Parterre. Dort brauchte ich keine Hunde die Treppe hoch zu tragen, was ich ja auch nicht hätte machen können.

Also entschieden wir uns, nach Spanien weiterzufahren. Dass dies kein Urlaub werden würde, war uns bewusst, da mir die Klinik Termine zum Fädenziehen, Neuverbinden sowie zur Kontrolle mit auf den Weg gegeben hatte. Dass diese Nachsorge aber in einem fremden Land so krass werden würde, haben wir im Moment der Entscheidung noch nicht gewusst.

Also nahm ich ein Taxi von der Klinik, um zum Hotel zu fahren, wo meine Frau mit den Hunden startbereit auf mich wartete. Wir stiegen ein und fuhren los. Meine Frau muss permanent Adrenalin ausgeschüttet haben, sie hielt nur an Toiletten, zum Tanken und zum Hundeausführen und fuhr die 1.000 km in neun Stunden.

Arzttermine in einem fremden Land

Am folgenden Tag fuhr mich meine Frau in das Krankenhaus in Spanien. Ich musste nur wenige Minuten warten, radebrechte meine Situation und wurde neu verbunden. "Na, das geht ja ziemlich problemlos", habe ich noch gedacht. Da erklärte man mir, dass man hier im Krankenhaus nur den ersten Termin durchführt. Für alle weiteren Termine müsste ich dann in ein sogenanntes Gesundheitscenter gehen. In dem Moment habe ich mir noch nichts Böses dabei gedacht, die Erfahrungen im Krankenhaus waren ja durchaus positiv. Aber da hatte ich doch mal vor Jahren viele Menschen bis auf die Straße Schlange stehen sehen. War das ein Gesundheitscenter gewesen, wo die Menschentrauben gewartet hatten?
Es war, und es hatte sich nichts geändert. Wartezeiten von mehreren Stunden, da mehrere Dutzend anderer Patienten noch vor einem an der Reihe waren, waren

die Regel, nicht die Ausnahme. Beim nächsten Termin wenige Tage später, lernte ich also ein Gesundheitscenter kennen. Da hing ein Schild:

"Wir sind kein Übersetzungsbüro. Bringen Sie Ihr Anliegen auf Spanisch vor. Wenn Sie kein Spanisch sprechen, besorgen Sie sich einen Dolmetscher"

Was heißt Neuverbinden und Fädenziehen auf Spanisch ? Meine Spanischkenntnisse waren zu der Zeit allenfalls so, dass man nicht verhungern und verdursten musste. Wahrscheinlich wäre es doch besser gewesen, nach Deutschland zu fahren. An solche Probleme hatten wir nicht gedacht. Aber in Deutschland wäre doch das Problem mit den Hunden gewesen.

Irgendwie haben es meine Frau und ich geschafft, unser Anliegen vorzubringen, liefen dabei Gefahr, dass man uns kommentarlos wegschickte. Warten war das groß geschriebene Hauptwort in diesen Tagen. Warten und immer wieder Warten. Endlich war ich ein zweites Mal neu verbunden worden. Das Fädenziehen, das hatten wir in Erfahrung gebracht, erfolgte in einem Krankenhaus, einem anderen als das erste. Ich hatte also hinreichend Gelegenheit, das spanische Gesundheitssystem in der Praxis kennenzulernen. Im Laufe der Zeit war ich also in zwei Krankenhäusern und mehreren Gesundheitsstationen, wo man angeblich nicht so lange warten musste. Das Warten gab es überall. Stundenlanges Warten in der Hitze bei größtmöglicher Lautstärke, denn die Spanier sind ja dafür bekannt, dass sie sich nicht gerade im Flüsterton unterhalten und ihre Beschwerden über lange Wartezeiten zum Ausdruck bringen.

Jetzt war also das zweite Krankenhaus angesagt, wo - zu zwei Terminen - die Fäden gezogen wurden. Meine Frau konnte jeweils mit ihrer Kreditkarte bezahlen. Monate später erhielt ich auch die Rechnung der Universitätsklinik in Nimes über meinen Eigenanteil in etwa dreistelliger Höhe.

Nach ungefähr einem halben Dutzend Besuchen von Gesundheitscentern und drei Terminen in Krankenhäusern war der Aufenthalt in Spanien vorbei. Wir fuhren in zwei Tagesetappen nach Hause.

Meine geraubte Tasche gefunden ?

Wir übernachteten wieder in dem Hotel, in dem ich überfallen worden war. Diesmal war das massive Eingangstor auch tagsüber geschlossen. Das Hotel hatten wir wieder gewählt, weil ich in Spanien einen Anruf von der Polizei in Nimes erhalten hatte, dass man wahrscheinlich meine Herrenhandtasche wieder gefunden habe. Ich könne sie abholen, wenn ich wollte. Natürlich wollte ich. Also vereinbarte ich mit der Polizei, ich würde mich bei ihnen melden, wenn ich wieder in dem besagten Hotel in Frankreich sei. Gesagt, getan.
Im Hotel angekommen, rief ich am frühen Abend die Polizei in Nimes an. Ich verstand, dass gleich ein Polizeibeamter vorbeikommen würde. So war es auch. Der Polizeibeamte holte mich mit seinem Privatwagen vom Hotel ab und fuhr mich zum Revier. Hier zeigte er mir - meine - Herrenhandtasche. Die habe jemand im Graben gefunden und zur Polizei gebracht.

Ich war sprachlos. Es waren noch alle Papiere drin, aber kein Bargeld mehr. Jetzt wurde ein polizeiliches Protokoll darüber aufgesetzt, dass ich die Tasche mit den einzeln aufgeführten Gegenständen erhalten hatte. Dann fuhr er mich ins Hotel zurück. Meine Frau hatte zwischenzeitlich schon verängstigt auf meinem Handy angerufen, wo ich denn bliebe. Ihr war es verständlicherweise nicht geheuer, wieder allein in dem Hotel zu sein, in dem ich überfallen worden war.

Erste Versuche, Entschädigung zu erhalten

Die weitere Rückfahrt nach Deutschland am nächsten Tag ging ohne Zwischenfälle vonstatten. In Deutschland ging es erst einmal zum Orthopäden, der mich röntgte. "Ab und zu habe ich Schmerzen in der rechten Schulter", sagte ich ihm. Dem maß ich aber noch keine große Bedeutung bei. Es vergingen Wochen, die Schmerzen traten immer öfter auf. Ich ging wieder zum Orthopäden.

Kann man eigentlich das Hotel verklagen, weil es die körperliche Unversehrtheit seiner Gäste nicht ausreichend geschützt hat ? Diese Frage stellten Bekannte und Freunde. Die Antwort sollte mir ein Anwalt geben. Also machte ich einen Termin für ein Beratungsgespräch bei einem örtlichen Rechtsanwalt. Wir diskutierten diese und andere Möglichkeiten wie die sogenannte Schutzpflicht.

Die Antwort war ein klares Jein. Nach deutschem Recht wäre der Hotelbetreiber u.U.

schadenersatzpflichtig, allerdings könne er den Erfolg einer Klage natürlich nicht garantieren, da er die Gesetze in Frankreich nicht kenne. Außerdem könne er die Klage nicht durchführen. Das müssten Französisch sprechende Kollegen durchführen, die sich dann natürlich noch einen Korrespondenzanwalt in Frankreich nehmen müssten. Selbstverständlich müsse ich die Anwälte vorfinanzieren und das gesamte Honorar richte sich nach der Summe, die ich einklagen wolle.

Ich schaute auf meinen Personalausweis. Da stand nicht der Name Rockefeller. Also verwarf ich den Gedanken, Anwälte mit einer Klage zu beauftragen. Die Rechnung für das Beratungsgespräch betrug € 142,80. Ein Täter braucht sich um all dies nicht zu kümmern, dachte ich, geschweige denn Anwälte vorzufinanzieren, wenn er sich keinen Anwalt leisten kann. Also hat man als Opfer wieder die schlechteren Karten.

Zwischenzeitlich traten die Schmerzen immer öfter auf. Ich ging wieder zum Orthopäden. Damit begann eine

Odyssee von Besuchen. Als erstes wurde ich in eine überörtliche Gemeinschaftspraxis zum CT geschickt. Beurteilung: Mehrfragment-Fraktur des rechtsseitigen Humeruskopfes usw. Nun, die rechte Schulter und die Knochen des rechten Armes waren ja bei dem Überfall zertrümmert worden.

Zur Abwechslung von den Terminen bei Ärzten und in den Diagnosecentern schrieb ich an meine Versicherung, um von ihr den geraubten Geldbetrag erstattet zu bekommen. Die Versicherung erstattete nach den üblichen Regularien wie Antrag etc € 200,-. Auf meinen schriftlichen Einwand, das sei aber wesentlich weniger als mir bei dem Raubüberfall gestohlen worden sei, kam die Antwort, ich möchte doch bitte nachweisen, dass mir der Schaden in der von mir genannten Höhe entstanden sei, z.B. durch die Einreichung eines Kontoauszugs, dass ich in bar vor der Fahrt nach Spanien die genannte Summe abgehoben habe. Also sollte ich als Opfer beweisen, dass mir der Schaden entstanden sei. Das konnte ich aber nicht. Im übrigen sei es reine Kulanz, dass man mir Geld erstattet habe, denn eigentlich sei eine Reisegepäckversicherung für die Regulierung zuständig. Die hatte ich aber nicht vor unserer Fahrt in den Urlaub abgeschlossen. Wer schließt schon eine Reisegepäckversicherung ab, bevor er mit dem Auto in Urlaub fährt.

Auch in dieser Situation ist ein Täter also wieder besser gestellt. Ihm muss man nachweisen, dass er die Tat

begangen hat, was nicht immer gelingt. Ein Täter kann also wieder die Füße hochlegen. Als Opfer hatte ich also wieder die A....Karte gezogen. Mein Versicherungsagent holte, nachdem ich an den Vorstand der Versicherung geschrieben hatte, noch einen Nachschlag heraus. Diese Erfahrung hat - ich denke, verständlicherweise - nicht dazu beigetragen, meine Meinung über Versicherungen zu verbessern.

Odyssee durch die Praxen

Der nächste Termin bei meiner Odyssee durch die Praxen war ein Termin bei einem Facharzt für Neurologie. Der piekste mich mit Nadeln und leitete Strom in meinen Körper, wollte dadurch feststellen, ob Nerven etc noch funktionierten. Seine Diagnose: "Die Armabduktion gelang nur um etwa 10 %, ebenso die Anteversion…aus neurologischer Sicht wäre deshalb ein weiteres Abwarten mit Verlaufuntersuchung in etwa acht Wochen gerechtfertigt." Also wieder nur eine Diagnose und keine konkrete Therapieanweisung. Die Schmerzen traten immer öfter auf. Die nächste Überweisung führte mich wieder in eine Klinik zum CT. Diagnose: "…auch die Außenrotation ist blockiert. Letztlich bleibt nur die Implantation einer Schulterprothese. Um zu entscheiden, welches Modell hier am besten implantiert wird, sollten noch folgende Untersuchungen stattfinden

1. Kernspintomographie…und 2. Neurologische

Untersuchung…" Vierzehn Tage also wieder die Fahrt zum Klinikum. Diagnose: "Schultersteife re. und Fragmentfehlstellung…   Diagnostik: Magnetresonanztomographie… Procedere (Weiteres Vorgehen): Die neurologische Untersuchung zeigt nun eine nicht nur klinisch, sondern auch elektrophysiologisch bestehende schwere Teillaesion des N. axilaris mit praktisch der Unmöglichkeit der Armabduktion und -Elevation. Es wird ein Zuwarten für weitere drei Monate mit anschließender Wiedervorstellung mit dann aktuellem neurologischem Befund zur Verlaufskontrolle empfohlen." Nochmals drei Monate warten mit den immer öfter und immer länger andauernden Schmerzen ?

Anderes Thema: Meine Frau rät mir, mich an den WEISSEN RING zu wenden. Dort wird Opfern von Gewalttaten geholfen. Ich hatte auch schon davon gehört, aber meine Gedanken waren geprägt von den Schmerzen. Ich nehme also Kontakt mit dem WEISSEN RING auf.

Es sind hauptsächlich ehrenamtliche Mitarbeiter. Frau Margaret Biessmann kommt zu uns ins Haus. Wir besprechen meinen Fall: Ich wurde in Frankreich Opfer eines Raubüberfalls und dabei schwer verletzt. Herr Huber klärt meine Möglichkeiten. Ich könne beim Bundesministerium für Arbeit und Soziales in Bonn einen Antrag stellen. Erstmals erfahre ich in diesem Zusammenhang vom Opferentschädigungsgesetz. Zitat:

"Wer in einem anderen Land der Europäischen Union Opfer einer Straftat wird, kann leichter Entschädigung erhalten, wenn die Tat nach dem 30. Juni 2005 geschehen ist."

Die "Richtlinie zur Entschädigung der Opfer von Straftaten" - von der EU am 29. April 2004 beschlossen - soll die Geltendmachung der Entschädigungsansprüche erleichtern. Nach dieser Richtlinie kann jedes Opfer den Antrag auf Entschädigungsleistungen in seinem Wohnsitz-

Mitgliedsstaat stellen.

Ich habe noch jede Silbe dieser EU-Richtlinie geglaubt, warum sollte ich auch nicht. "Die Botschaft hört ich wohl, allein mir fehlt der Glaube" war noch nicht, der Glaube war noch vorhanden. Besonders der Glaube an den Passus über die Erleichterung der Geltendmachung der Entschädigungsansprüche. In den folgenden Jahren (!!!), in denen ich dann versucht habe, eine Entschädigung zu erhalten, mußte ich aber erfahren, was es bedeutet, wenn in dieser EU-Richtlinie steht: "…soll…erleichtern".

Also schrieb ich am 1. Oktober 2007, gut zwei Monate nach dem Raubüberfall, an das Bundesministerium für Arbeit und Soziales in Bonn als zuständige deutsche Unterstützungsbehörde einen formlosen Antrag, der einschließlich aller Unterlagen an die Unterstützungsbehörden in Frankreich weitergeleitet wurde, wie man mir bestätigt hat. Noch war ich ja so naiv zu glauben, dass damit mein Antrag auf Entschädigung auf den Weg geschickt war. Damals habe ich noch nicht gewusst, dass ich im Laufe der Jahre… Nein, ich sage Ihnen jetzt noch nicht, wie viele Anträge ich im Laufe der Zeit gestellt habe. Sie würden es ja doch nicht glauben. Sie würden vermutlich denken, Sie lesen einen Roman, eine fiktive Geschichte, denn oftmals ist im Leben nichts unglaubwürdiger als die Wahrheit. Mittlerweile drehte sich mein Tagesablauf nur noch um die Folgen des Überfalls.

Nochmals eine Operation

Noch weitere drei Monate diese Schmerzen ? Mein Orthopäde ließ nicht locker, wofür ich ihm heute noch dankbar bin. Er schreibt mir eine Überweisung an die Orthopädische Universitätsklinik Heidelberg aus. Damit habe ich den Fuß in der Tür zur Klinik. Also war eine Fahrt in das mehr als 100 km entfernte Heidelberg angesagt, leider nicht, um dort als Tourist die schöne Stadt zu erkunden, sondern in die Klinik.

Etwa vier Monate nach dem Überfall saß ich also in der Ambulanz und erhielt folgende Diagnose: "Humeruskopf-Mehrfragmentfraktur rechts, osteosynthetisch mit Nagel versorgt im Juni 2007 auswärts . Procedere:…Humeruskopfprothese…Der Patient wurde ausführlich darüber informiert, dass eine Verbesserung des Bewegungsausmaßes nicht garantiert werden kann."

Bedeutet, dass ich vielleicht künftig weniger Schmerzen habe, aber dass ziemlich sicher ist, dass sich am

Zustand der schweren Behinderung nichts ändert. Da ich endlich weniger oder möglichst keine Schmerzen mehr haben wollte, stimmte ich einer Operation, d.h., der Implantation einer Humeruskopfprothese zu und vereinbarte einen Operationstermin.

Da meine Frau mich täglich besuchen wollte, der Weg von zu Hause aber zu weit war, suchten wir im Internet eine Unterkunft in der Nähe der Klinik. Hotels waren uns zu teuer. Schließlich mussten wir den Aufenthalt meiner Frau komplett selbst bezahlen. Wir fanden eine Pension in der Nähe der Klinik gelegen, aber doch etwas verzwickt, um von dort zur Klinik und zurück zu fahren.

Also kauften wir ein Navi, damit meine Frau den Weg zur und von der Klinik finden konnte. Nein, dieses Navi habe ich nicht zu den Kosten gerechnet, die im Zusammenhang mit dem Überfall entstanden sind, denn dieses Navi können wir schließlich auch anderweitig einsetzen. Ich schreibe dies extra für den Fall, dass jemand oberlehrerhaft den Finger hebt und darauf hinweist, dass der Kauf des Navigationsgerätes keine im Zusammenhang mit dem Raubüberfall stehenden Kosten sind.

Freunde boten sich an, unsere Hunde während der Zeit in Heidelberg zu nehmen. Also schloss meine Frau ihre Praxis für eine Woche und wir fuhren gemeinsam nach Heidelberg zur Pension. Abends nahm ich in der örtlichen Gaststätte sozusagen meine Henkersmahlzeit vor dem Klinikaufenthalt ein. Wir waren beide nicht besonders guter Stimmung, denn eine Operation bedeutet auch immer ein Restrisiko. Und was war nach der Operation ? Wie lange würde die REHA dauern ? Wie lange würde es dauern, bis ich wieder ein normales, aber in welchem Maße eingeschränktes Leben würde führen können ? Wieder nur Fragen, keine Antworten ! Ziemlich genau vier Monate nach dem Überfall und einer Zeit mit Schmerzen wurden mir die zertrümmerten Reste meines Humeruskopfes entfernt und eine Humeruskopfprothese implantiert.

*Relativ spät kam ich am Operationstag aus dem OP,
konnte meine Frau sehen, die im Besucherbereich auf
mich gewartet hatte. In solchen Momenten ist man
froh, einen Partner zu haben, der alles mit einem teilt.
Da die Wunde noch etwas blutete, kam in der ersten
Nacht oft eine Nachtschwester, um nachzusehen, dass
ich nicht verblutete. Es war alles im grünen Bereich.
Das Bluten hörte auf.
Meine Frau besuchte mich täglich. Ich war dankbar
dafür, dass sie diesen stressigen Aufwand auf sich
genommen hatte. Nach ein paar Tagen bekam ich
wieder ein Abduktionskissen. Das kannte ich ja schon.
Jetzt war es auch nicht mehr lange hin, ich wurde aus
der Klinik entlassen. Meine Frau packte unsere Sachen
aus der Pension ins Auto, bezahlte die Anmietung und
fuhr in die Klinik, um mich abzuholen. Da ich
ausgesprochen gern Auto fahre, war es für mich
unbefriedigend, wieder nur Beifahrer sein zu müssen.
Wir fuhren nach Hause. Die fast zwei Wochen in
Heidelberg haben die Kosten, die im Zusammenhang*

mit dem Raubüberfall anfielen, sprunghaft nach oben getrieben. Sollte ich jemals eine Entschädigung erhalten, dachte ich, deckt diese Entschädigung hoffentlich zumindest die bereits entstandenen Kosten, ein weiterer Teil die bis zu meinem Lebensende noch anfallenden Therapie- und Fahrtkosten. Ob da als eigentliche Entschädigung für dasSchwerbehindertsein usw. überhaupt noch etwas übrig bleibt?

Jetzt begann aufs Neue wieder die Zeit nach der Operation. Das Abduktionskissen sollte ich vier Wochen tragen. Aber vorher ging es bereits zum Fädenziehen. Dann kümmerte ich mich um die REHA. Ich hatte überhaupt keine Neigung, wochenlang irgendwohin stationär zur REHA zu fahren. Also suchte ich eine ambulante Möglichkeit. Mein Physiotherapeut gab mir dankenswerterweise den entscheidenden Hinweis. Von da an fuhr ich bis zu drei Mal wöchentlich in die entfernter liegende größere Stadt. Aufgrund der Schwere meiner Behinderung übernahm die Krankenkasse die Kosten mehrerer

Verlängerungen der REHA-Maßnahmen, also für etwa ein halbes Jahr.

Durch weitere Kontrolltermine beim Orthopäden und bei anderen Ärzten war mein Tagesablauf wieder mal für Monate geprägt durch die Aufarbeitung der Folgen des Überfalls. Für die Ausübung eines Berufs blieb da keine Zeit mehr. Finanziell sah es düster aus. Aber durch die in Kürze zu erwartende Entschädigungszahlung wird sich ja alles zum Positiven wenden, dachte ich noch in meiner Naivität.

Im August wurde ich sechzig Jahre alt. Statt großer Feier, wie bereits seit Jahren geplant gewesen war, gab es nur eine Feier im engsten Kreis. Vom WEISSEN RING erhielt ich im November 2007 eine Soforthilfe. Damit konnte ein - kleiner - Teil der bereits entstandenen Kosten abgedeckt werden.

Den Antrag auf eine Entschädigungszahlung hatte ich ja am 1. Oktober 2007 bei der zuständigen deutschen Unterstützungsbehörde, dem Bundesministerium für Arbeit und Soziales, in Bonn gestellt. Am 26. Oktober

*2007 erhielt ich vom französischen Justizministerium
in Paris ein zweiseitiges Antwortschreiben - auf
Französisch. Ich verstand, dass ich einen Antrag an die
Opferentschädigungskommission (CIVI) in Nimes
stellen könne. Dankenswerterweise hat mir das
Bundesministerium diesen Brief aus Frankreich
übersetzt. Zitat der Übersetzung:*

> *"...ich lege zuerst Wert darauf, Ihnen mein
> Mitgefühl wegen der infolge dieser Straftat
> von Ihnen erlittenen Schäden auszudrücken.
> Die Durchführung einer richtiggehenden
> Politik des Staates zugunsten der Opfer gehört
> zu den Prioritäten der Regierung, an der das
> Ministerium der Justiz sich aktiv beteiligt.
> Um bestimmten Opfern die Entschädigung
> für durch eine Straftat erlittene körperliche
> Schäden zu gewährleisten, sind durch das
> Gesetz Nr. 77-5 vom 3. Januar 1977 die
> Kommissionen für die Entschädigung der*

Opfer von Straftäten - CIVI - gegründet worden. Danach ist durch die Gesetze Nr 81-82 vom 2. Februar 1981, Nr 83-608 vom 8. Juli 1983, Nr. 90-589 vom 6. Juli 1990 und Nr 2000-516 vom 15. Juni 2000 dieses System verbessert worden, mit dem die nationale Solidarität umgesetzt wird…"

Also schrieb ich am 4. Dezember 2007 Antrag Nummer zwei mit allen Anlagen formlos, denn es war ja noch immer die Rede davon, dass dieser Antrag nur formlos zu sein brauchte, an die CIVI in Nimes. Da es ja ebenfalls hieß, dass man der Landessprache des Landes, in dem die Straftat begangen worden ist, nicht mächtig zu sein braucht, schrieb ich den Antrag auf Deutsch, zumal ich mich nicht annähernd in der Lage sah, den Brief mit allen Fachausdrücken auf Französisch zu schreiben. Eine Kopie dieses Schreibens, wie überhaupt von jeglichem Schriftverkehr, schickte ich an das Bundesministerium in Bonn. Da der Überfall in Frankreich erfolgt war, lagen das polizeiliche Protokoll und der Bericht der Universitätsklinik in Nimes logischerweise als Anlage auf Französisch vor.

Bereits zwei Monate später, nachdem ich so lange keine Post aus Frankreich erhalten hatte, habe ich mich erdreistet, nochmals an die CIVI in Nimes zu schreiben und nachzufragen, was denn mit meinem Schreiben vom 4.12.2007 sei. Parallel schrieb das Ministerium in Bonn an die französische Unterstützungsbehörde in Paris und bat um eine zeitnahe Entscheidung des Antrags bzw. um einen Zwischenbescheid. Als Antwort aus Frankreich erhielt ich eine Kopie meines Schreibens, auf dem irgendetwas mit Übersetzen vermerkt war. Sollte das eine Information darüber sein, dass ich noch auf die Übersetzung meines Schreibens warten möge?

Wieder zwei Monate später, im April 2008, nochmals im Mai 2008 bat ich das Ministerium in Bonn nochmals herzlich um Hilfe in meiner Angelegenheit, da ich *weder aus Paris noch aus Nimes einen Bescheid oder eine Zwischennachricht erhalten hatte. Das Ministerium in Bonn teilte mir mit, dass sie auch noch keine weitere Nachricht erhalten hätten und wollten mich wohl damit trösten, dass*

"die EU-Kommissionen an Plänen arbeiten,
die EU-Mitgliedsstaaten zu einer konse-
quenteren und schnelleren Bearbeitung von
grenzüberschreitenden Entschädigungs-
anträgen bei Gewalttaten zu verpflichten.
In Ihrem Versorgungsfall kann ich Sie
derzeit aber leider nur um weitere Geduld
bitten".

Das Parkinsonsche Gesetz

Irgendwie komisch, ich weiß auch nicht, wie ich drauf komme, aber gerade fällt mir das Parkinsonsche Gesetz ein, das - grob erklärt - bedeutet, dass u.a. Behörden, so sie denn groß genug sind, gar keine Antragsteller (Kunden) mehr benötigen, sondern sich dann nur noch noch untereinander mit sich selbst beschäftigen können, indem sie beispielsweise Anträge von einem Schreibtisch zum anderen und dann wieder zurückschicken. Der Arbeitstag ist damit voll ausgefüllt. Mitteilungen an den Antragsteller oder gar Entscheidungen gibt es dann natürlich nicht mehr. Dafür bleibt schließlich keine Zeit mehr.

Anträge, Anträge, Anträge

Am 19. Mai 2008 bastelte ich aus meinen Französischkenntnissen einen Brief und schrieb wiederum an die CIVI in Nimes, dass ich noch keine Antwort erhalten hätte und dass ich - Danke im voraus - um eine Antwort bitte. Am 15. Juli erhielt ich vom Ministerium in Bonn einen langen Brief mit folgendem Text im Begleitschreiben:

> *"...in o.g. Entschädigungsangelegenheit leite ich ein Antragsformular der französischen Unterstützungsbehörde, des Ministere de la Justice in Paris, sowie dazugehörige Unterlagen in deutscher Übersetzung an Sie weiter."*

Dem Schreiben waren ein Dutzend Seiten zur Information auf Französisch beigefügt.

Jetzt muss mich aber wirklich jemand kneifen. Bin ich wach oder träume ich das nur ? Dieselbe Behörde in Frankreich hatte mir vor etwa neun Monaten mitgeteilt, dass ich einen Antrag an die CIVI in Nimes stellen könne. Das hatte ich ja auch gemacht. Jetzt sollte ich also Antrag Nummer drei, wieder an die CIVI in Nimes stellen ? Aber es war wohl müßig, darüber nachzudenken. Also füllte ich den vom Ministerium in Bonn auf Deutsch übersetzten achtseitigen Antrag Nummer drei aus und schickte ihn per Einschreiben mit Rückschein wieder an die CIVI in Nimes.

Am 19. August erhielt ich die erste Seite meines Antrags mit einem handschriftlichen Vermerk zurück. Hier stand wohl wieder etwas von Übersetzen. Wieder der Hinweis, ich möge mich gedulden, bis man meinen Antrag in Frankreich übersetzt hat ? Jetzt bloß keinen Fehler machen. Schließlich hatte ich mit diesem Schreiben ein Aktenzeichen erhalten. Also war mein Antrag entgegengenommen worden.

Am 29. August maile ich den hilfreichen Mitarbeitern
im Bundesministerium in Bonn Folgendes:

"...vielen, vielen Dank für Ihre mail bzw.
 Übersetzung...Bitte helfen Sie mir, das
 Antwortschreiben des Tribunal de Grande
 Instance in Nimes vom 19. August 2008
 zu verstehen: Ich soll also jetzt den
 kompletten Antrag einschließlich
 aller Anlagen ins
 Französische übersetzen (lassen) und dann
 nochmals auf Französisch einreichen ?!
 Also den Antrag, den Sie mir mit Schreiben
 15. August 2008 dankenswerterweise ins
 Deutsche übersetzt haben und ich dann, wie
 vorgegeben, auf Deutsch eingereicht habe.
 (Der Text liegt mir übrigens auf Französisch
 gar nicht vor, nur die deutsche Übersetzung)
 Was macht übrigens das Opfer, das kein
 Französisch spricht und/oder keine Möglich-

keit hat, den Antrag zu übersetzen bzw.

übersetzen zu lassen ? Es hieß doch immer,

man muß - als Opfer - kein Französisch

können, um einen Antrag zu stellen. Nicht

unerwähnt lassen möchte ich in diesem

Zusammenhang, dass die Kopfzeile des

Antrags lautet: "Wir sind dafür da, Ihnen zu

helfen".

Im Klartext bedeutet der Brief aus Nimes wohl, dass der vom Ministerium in Bonn auf Deutsch übersetzte Antrag ins Französische zurückübersetzt werden soll und ich dann diesen Antrag auf Französisch ausfüllen soll. Das kommentiere ich lieber nicht, denn meine Gedanken dazu sind nicht druckreif.

Mit Anführung meines Aktenzeichens schreibt das Ministerium in Bonn am 3. September an die CIVI, Kopie an das Justizministerium in Paris, u.a. Folgendes:

"Ich gehe davon aus, dass gemäß Artikel 11 der Richtlinie Informationen, die zwischen den Behörden übermittelt werden, in einer der europäischen Amtssprachen weitergeleitet werden können. Es stellt für das Opfer oft psychisch, physisch und nicht zuletzt finanziell eine unbillige Härte dar, den Antrag sowie mitunter umfangreiche Unterlagen, die der Untermauerung seines Anspruchs dienen, in die Sprache des Tatlandes zu übersetzen. Am 23. Oktober 2008 wird in Brüssel eine Konferenz der Mitgliedstaaten zur Umsetzung der Richtlinie stattfinden. Ich beabsichtige, in diesem Zusammenhang auch die Sprachenregelung in Artikel 11 anzusprechen, um insbesondere im Sinne der Geschädigten, eine einheitliche Vorgehensweise aller Mitgliedstaaten sicherzustellen."

Nachdem ich etwa fünf Monate tagtäglich vergebens zum Briefkasten gehe, ich also wieder keine Post aus Frankreich erhalten habe, bitte ich am 6. Januar 2009 das Ministerium in Bonn wiederum um Hilfe:

>*"...obwohl von französischer Seite zugesagt, dass über meinen Antrag - nach Weiterleitung an die Kommission - innerhalb von zwei Monaten entschieden würde, sind mittlerweile wieder Monate vergangen, in denen es keine Antwort aus Frankreich gab. Ich bitte um Verständnis dafür, dass ich den Eindruck habe, dass man meinen Antrag im Sande verlaufen lassen möchte. Deshalb bitte ich Sie herzlich, mit einem kurzen Schreiben in Frankreich nachzufassen und die Entscheidung über meinen Antrag anzumahnen. Dafür vielen Dank im voraus."*

Am 2. Februar 2009 fahre ich zur Kontrolluntersuchung in die Orthopädische Klinik Heidelberg. Als Procedere werden die Fortführung der krankengymnastischen Übungsbehandlung sowie selbständige Bewegungs-, Dehnungs- und Muskelaufbauübungen empfohlen.

Nachdem wieder keine Post aus Frankreich eingetroffen ist, bitte ich Ende Januar die deutsche Unterstützungsbehörde in Bonn nochmals um Hilfe.

Mir platzt der Kragen: Ich schreibe an Sarkozy

Nach etwa sieben Monaten ohne Post aus Frankreich schreibe ich am 1. März 2009 mit Angabe meines Aktenzeichens folgenden Brief an Nikolas Sarkozy, den Präsidenten der Republik Frankreich

"Sehr geehrter Herr Präsident,
am 24.6.2007 wurde ich in Nimes überfallen
und dabei so schwer verletzt, dass trotz einer
späteren zweiten Operation in der Universitäts-
klinik in Heidelberg eine irreparable, massive
körperliche Behinderung geblieben ist.
Mein Dank gilt der Universitätsklinik in Nimes
(CHU), insbesondere Dr. Courtade und
seinem Team, die mir sofort in vorbildlicher
Weise geholfen hatten.
Mit Hilfe des Bundesministeriums für Arbeit
und Soziales in Bonn habe ich dann einen
"Antrag auf Opferentschädigung wegen eines

vorsätzlichen Gewaltverbrechens in
Frankreich" an die Commission
d Indemnisation des Victimes d Infractions
Penales in Nimes gestellt. Man hatte zugesagt,
über den Antrag innerhalb von maximal zwei
Monaten nach Weiterleitung zu entscheiden.
Mittlerweile füllt die Korrespondenz in dieser
Angelegenheit einen Ordner und es gibt immer
noch keine Entscheidung aus Frankreich.
Ich bitte um Verständnis dafür, dass ich sowohl
die Überschrift auf dem Antragsformular
"Wir sind dafür da, Ihnen zu helfen" als auch
den handschriftlichen Hinweis auf dem
Schreiben der Kommission vom 19.8.2008:
"urgent" als Opferverhöhnung empfinden muss.
Da ich nicht mehr weiß, an wen ich mich
wenden soll, um eine Entscheidung über
meinen Antrag herbeizuführen, wende ich mich
an Sie. Ich bitte Sie deshalb herzlich,
Monsieur le President, sich für eine umgehende

Bearbeitung bzw. Entscheidung meines Antrags

bei der CIVI einzusetzen. Dafür bedanke ich

mich im voraus.

Mit freundlichen Grüßen (Unterschrift)

PS

Mein Schulfranzösisch erlaubt es mir leider

nicht, diesen Brief in Französisch zu schreiben"

Bereits zehn Tage später erhielt ich vom Büro des Kabinettchefs des Präsidenten das folgende Antwortschreiben. Weitere sechs Tage später ein Schreiben vom Justizministerium in Paris sowie nochmals sechs Tage später ein ausführliches Schreiben von der Chefin des Secretariat General des Justizministeriums in Paris.

Der Präsident hatte die Bearbeitung meiner Angelegenheit tatsächlich wieder angestoßen. Dafür danke ich ihm.

Le Chef de Cabinet
du Président de la République

Monsieur Hans-Jürgen GREBE
~~̶̶̶̶̶̶̶̶̶̶̶̶̶̶~~
~~̶̶̶̶̶̶̶̶̶̶̶̶̶̶~~
RÉPUBLIQUE FÉDÉRALE
D'ALLEMAGNE

Paris, le **1 1 MAR. 2009**

Cher Monsieur,

Le Président de la République Française m'a confié le soin de répondre au courrier que vous lui avez adressé le 1er mars 2009 lui faisant part des difficultés que vous rencontrez concernant votre demande, présentée à la Commission d'Indemnisation des Victimes d'Infractions Pénales.

Je puis vous assurer qu'il a été pris attentivement connaissance de vos préoccupations avant de les signaler à Madame ▓▓▓▓▓▓▓▓, Ministre de la Justice, afin qu'elle en prenne connaissance.

Je vous prie d'agréer, Cher Monsieur, l'expression de mes sentiments les meilleurs.

Référence à rappeler
▓▓▓▓▓▓▓

Antrag Nummer ?

Ende Mai erhielt ich vom Ministerium in Bonn Antragsformulare auf Französisch und Deutsch mit der Bitte, die französischen Formulare in französischer Sprache auszufüllen. Das ist dann Antrag Nummer vier. Alle meine Französisch-Kenntnisse zusammenkramend, beschrieb ich dann den Tathergang auf Französisch, füllte den Antrag aus, machte Farbkopien meines Personalausweises und schickte den Antrag samt Anlagen nach Bonn.

Vor diesem Antrag nach Bonn hatte ich nochmals an das Justizministerium in Paris geschrieben, weil wieder Funkstille eingetreten war. Ich schrieb u.a.:

"...mehr als 8 (in Worten: acht) Monate nach dem in Kopie beigefügten Schreiben der deutschen Unterstützungsbehörde vom 3. September 2008 ist nunmehr diese deutsche Unterstützungsbehörde angeschrieben worden.

Ohne auf den Inhalt des Schreibens vom 3.
September 2008 einzugehen, werde ich lapidar
aufgefordert, meinen Antrag auf Französisch
einzureichen. Wohlgemerkt, den Antrag
(cerfa-Formular 12825.01), den mir die
deutsche Unterstützungsbehörde dankens-
werterweise auf Deutsch übersetzt hatte, damit
ich ihn ausfüllen konnte. Da der Überfall in
Frankreich erfolgt ist, liegen dem Antrag
beigefügte Unterlagen (CHU, Polizeiprotokoll
etc) bereits auf Französisch vor. Bitte ersparen
Sie mir, diese nach acht Monaten erfolgte
Reaktion zu kommentieren.
Muß ein Täter in Frankreich seine Angelegenheit
auch auf Französisch vorbringen ? Und wenn er
kein Französisch spricht, wird er dann laufen
gelassen oder wird ihm dann nicht vielmehr
ein Pflichtverteidiger und Übersetzer auf
Staatskosten beigestellt ? Ich werde als Opfer
folglich ungleich schlechter behandelt als ein

Täter ? Ein Witz ! ...soll ich die Übersetzung meines Antrags veranlassen ? Wohin soll ich dann die Rechnung für die Übersetzung schicken lassen ?"

Mittlerweile hatte meine Angelegenheit vier Aktenzeichen: Eins in Deutschland und drei in Frankreich. Irgendwie, ich weiß auch nicht warum, dachte ich wieder an das Parkinsonsche Gesetz.

Mit Schreiben vom 10. Juni 2009 reichte dann die deutsche Unterstützungsbehörde meinen Antrag Nummer vier auf Deutsch und Französisch bei der CIVI in Nimes ein. Die Gesamtseitenzahl dieses Schreibens einschließlich aller Anlagen nenne ich lieber nicht. Der Regenwald dürfte massiv unter der Abholzung gelitten haben, die erforderlich war, um das Papier dafür herzustellen.

Am 22. Juli 2009 - also mehr als 20 Monate nach Einreichung meines ersten Antrags - erhalte ich vom Ministerium in Bonn ein Schreiben des

Justizministeriums in Paris vom 13. Juli weitergeleitet. Diesem Schreiben ist zu entnehmen, dass die Leiterin des Büros Opferhilfe beim Tribunal de Grande Instance in Nimes in Erfahrung gebracht hat, dass der dort zuständige "expert" um eine Fristverlängerung bis Ende August gebeten hat, um seinen Bericht zu übergeben. Darüberhinaus wurde mein Antrag zwischenzeitlich an einen Opfer-Garantiefonds weitergeleitet, damit mir von dort ein Vorschlag für eine Entschädigung gemacht werden kann, den ich akzeptieren oder zurückweisen könne". Aha, denke ich in meiner immer noch vorhandenen Gutgläubigkeit, denn immer noch glaubte ich, was mir bereits zu Anfang meiner Angelegenheit schriftlich mitgeteilt worden war, dass nämlich - nach Weiterleitung an den Opfergarantiefonds - man mir innerhalb von zwei Monaten ein Angebot für eine Entschädigung machen würde. Also kann es ja, von der Fristverlängerung Ende August an, großzügig gerechnet, plus zwei Monaten, jetzt nur noch bis maximal Ende Oktober 2009 dauern, bis mir das Angebot über eine Entschädigung vorliegt. Etwa zweieinhalb Jahre nach dem Überfall wären dann vergangen, in denen ich vier Anträge gestellt habe, verbunden mit unzähligem Schriftverkehr mit Bonn und Paris. Egal, die Entscheidung über eine Entschädigung naht, dachte ich.

Was war ich damals noch gutgläubig !

Nachdem es nach diesem Briefwechsel im Juli wieder monatelang - bis Ende Oktober - keine Post aus Frankreich gegeben hatte - der von Nimes gewünschte Fristverlängerungstermin Ende August war ja auch schon wieder ergebnislos verstrichen - wandte ich mich wieder mal an die Unterstützungsbehörde in Bonn, teilte mit, dass ich wieder den Eindruck hätte, man wolle die Angelegenheit im Sande verlaufen lassen. Ich bat deshalb herzlich, in Frankreich eine Entscheidung anzumahnen. Das machte man dann auch dankenswerterweise mit Schreiben vom 29. Oktober 2009. Mit Schreiben vom 1. Dezember 2009 gab es dann Post aus Frankreich, vom Opfergarantiefonds in Nimes. Sie denken, dass muss ja jetzt das Angebot über eine Entschädigung sein, schließlich hatte man sich selbst verpflichtet, dies innerhalb von zwei Monaten abzugeben. Jetzt sind Sie aber genauso naiv, wie ich damals noch war. Das Schreiben besteht aus sechs DIN A 4-Seiten auf Französisch bzw. zwanzig Punkten. Von der deutschen Unterstützungsbehörde erhalte ich die Übersetzung auf Deutsch:

"Zustellungsurkunde über den Beschluß vom 30. November 2009"

Immer neue, immer höhere Hürden

Nun, denke ich, da wird ja als nächstes im Text der Beschluss folgen, nämlich - endlich - die Angabe der Höhe des Entschädigungsangebotes. Denken Sie ja mit Sicherheit jetzt auch. Weiter im Text:

> *"In o.a. Zustellungsurkunde wird darauf hingewiesen, dass innerhalb eines Monats nach Erhalt des Einschreibens bei der Cour d Appel de Nimes (Appelationsgerichtshof von Nimes) Einspruch eingelegt werden kann. Bei einem evtl. Einspruch muß ein beim Appelationsgerichtshof zugelassener Rechtsanwalt eingeschaltet werden."*

Dann folgt der Beschluss:

"Der Vorsitzende der Kommission für die Entschädigung der Opfer von Straftaten teilt mit o.a. Schreiben mit, dass infolge des Entschädigungsantrags von Herrn Grebe auf Ersuchen des Fond de Garantie ein Amtsarzt zur Feststellung aller Schäden beauftragt wird. Der benannte Arzt….in Straßburg wird Herrn Grebe vorladen. Dieser Vorladung hat Herr Grebe Folge zu leisten. Er ist aufgefordert, sich mit allen erforderlichen Unterlagen bei diesem Arzt zur Untersuchung einzufinden. Danach wird er einen amtsärztlichen Bericht erhalten, aufgrund dessen er aufgefordert ist, seinen Entschädigungsantrag (fett gedruckt) <u>gemäß den allgemein rechtlichen Bestimmungen über die zivilrechtliche Haftung in Frankreich zu beziffern.</u>"

Jetzt verschlägt es mir erst einmal die Sprache. Ich spreche mit meiner Frau, dass ich statt des Angebotes einer Entschädigungszahlung die Aufforderung erhalten habe, zu einem Amtsarzt nach Straßburg zu fahren.

Ich grübele: Immer wieder musste ich in Frankreich die Bearbeitung meiner mittlerweile vier Anträge anstoßen. Man wollte sich also einer Entschädigungszahlung, wie sie nach dem Opferentschädigungsgesetz vorgesehen ist, entziehen. Irgenwann muss ich ja schließlich völlig gefrustet, genervt und zermürbt aufgeben. Da das mit der Zermürbungstaktik nicht geklappt hat, versucht man jetzt, sich auf andere Art und Weise einer Entschädigungszahlung zu entziehen. Vielleicht kann ich ja nicht, aus welchen Gründen auch immer, nach Straßburg fahren. Dann ist man endlich diesen lästigen Antragsteller los und hat sich damit die Zahlung einer Entschädigung gespart. Nicht unerwähnt bleiben sollte an dieser Stelle nochmals, dass dem Gericht bzw.

Opfer-Garantiefonds die von den Fachärzten erstellten Berichte der Universitätsklinik in Nimes und der Orthopädischen Universitätsklinik in Heidelberg vorliegen.

Jetzt aufgeben?

Nein, habe ich gedacht, nachdem ich mich durch das Gespräch mit meiner Frau einigermaßen vom Schock des Briefes erholt habe. Aufgeben? Nein, den Gefallen tue ich Euch nicht, damit Ihr Euch am Gericht die Hände reiben könnt, weil Ihr eine Entschädigungszahlung erfolgreich abgewehrt habt. Und wenn ich auf allen Vieren nach Straßburg gehen muß, ich nehme den Termin in Straßburg wahr.

Am 19. Januar 2010 erhalte ich ein Schreiben vom Pariser Justizministerium, in dem ich auf die Notwendigkeit hingewiesen werde, dass ich den Garantiefonds über die strafrechtlichen Folgen meiner Angelegenheit unterrichten muß. Im Klartext heißt das, ich muß recherchieren und ermitteln, wie der Stand meiner Angelegenheit ist, ob der oder die Täter gefasst worden sind oder nicht. Weiterhin soll ich so rasch wie möglich die ärztlichen Unterlagen in französischer Übersetzung übersenden. - Was heißt Humeruskopfprothese auf Französisch, was Osteosynthesematerial usw. ? - Dies erklärt, dass ohne eine Antwort meinerseits der Garantiefonds bis jetzt keinen Vorschlag zur Entschädigung gemacht hat.

Das im Brief vom 19. Januar zitierte Schreiben hatte ich übrigens nie erhalten. Man hatte es mit Angabe der Postleitzahl, meiner Straßenangabe und meines Namens nach Bonn geschickt. Nur per Zufall werde ich vom Ministerium in Bonn, die eine Kopie erhalten hatten, über dieses Schreiben informiert. An meinem Wohnort war dieses Schreiben nie angekommen.

Wieder grübele ich:

Wofür steht eigentlich das Wort Garantie beim Garantiefonds ? Daß man mit Garantie immer mehr und immer höhere Hürden aufbaut, bis man dann doch irgendwann als Antragsteller aufgibt, der eine früher, der andere später ?

Damals habe ich noch nicht gewusst, dass man nach meinem Besuch beim Amtsarzt die Hürden nochmals wesentlich erhöhen würde.

Vom Amtsarzt in Straßburg werde ich zum Termin am 25. Februar 2010 um 15.30 Uhr eingeladen. Ich kaufte also eine Rückfahrkarte für € 117,25 und fuhr nach Straßburg. Der Arzt untersuchte mich mit einem Kollegen, inständig bat ich ihn, seinen Bericht auf Französisch anzufertigen, damit hier nicht wieder Übersetzungsprobleme auf mich zukommen.

Mein Tagesablauf ist ansonsten weiterhin geprägt durch die Folgen des Überfalls. REHA- bzw. AHB- Maßnahmen waren mittlerweile ausgelaufen, danach gab es wöchentlich mehrere Termine beim Physiotherapeuten. Aber auch die liefen aus, da die Krankenkasse nur begrenzt die Kosten übernimmt, auch wenn Besuche beim Physiotherapeuten noch dringend erforderlich sind. Jetzt musste ich privat rund € 100,- monatlich für Muskelaufbautraining etc bezahlen, denn der Orthopäde hatte mir eindringlich gesagt, dass ich unbedingt weiterhin üben solle. Nach dem Motto "Stillstand ist Rückschritt" würden sich meine - schlechten - erreichten Werte wieder weiter verschlechtern.

Aber ich stehe ja kurz davor, eine Entschädigungszahlung zu erhalten, nachdem ich die letzte Hürde - Amtsarzttermin - genommen hatte - dachte ich. Mit der Entschädigung sind dann hoffentlich erst einmal die im Laufe der Jahre bereits angefallenen Kosten abgedeckt, für die künftigen Kosten bleibt wohl noch etwas, als eigentliche Entschädigung wohl kaum noch.

Sie erinnern sich: Eine Entschädigung zu erhalten, ganz einfach (in der Theorie). Schließlich haben fleißige Beamte in Brüssel ein Opferentschädigungsgesetz geschaffen, wodurch die Antragstellung und der Erhalt der Entschädigung ja ohne großen formalen Aufwand möglich sind. Man braucht die Sprache des Landes, in dem die Tat stattgefunden hat, nicht zu kennen. Man schreibt einen formlosen Brief, dem man die vorhandenen Unterlagen beifügt. Die Einschaltung eines Anwalts ist nicht erforderlich. Nach Weiterleitung des Antrags an den Garantiefonds erhält man dann innerhalb von zwei Monaten das Angebot einer Entschädigungszahlung. Jetzt sind die Beamte in Brüssel fleißige Beamte, die durch immer neue Gesetze - mit Sicherheit erhält man sich dadurch ja auch den eigenen Arbeitsplatz - das Verfahren einer Opferentschädigung immer einfacher machen. Ja, durch immer neue Gesetze immer einfacher. Ich habe das jetzt extra zwei mal geschrieben. Dann kann man sich den Satz besser auf der Zunge zergehen lassen.

Was das in der Realität bedeutet, erzähle ich ja gerade. Den Termin beim Amtsarzt in Straßburg hatte ich wahrgenommen. Aber da stand doch im Schreiben aus Nimes vorher noch etwas. Richtig. Ich werde aufgefordert, nach meinem Amtsarzttermin einen Entschädigungsantrag einzureichen (also Antrag Nummer fünf). Aber was bedeutet das Fettgedruckte,

den Entschädigungsantrag gemäß den allgemein geltenden rechtlichen Bestimmungen über die zivilrechtliche Haftung in Frankreich zu beziffern ?
Wieso, frage ich mich, soll ich plötzlich die Höhe der Entschädigung beziffern, zudem noch als Summe aus einer mir nicht zugänglichen Liste ? Es hieß doch jahrelang, man mache mir ein Entschädigungsangebot. Ich verstehe nur noch Bahnhof. Woher soll ich denn diese Bestimmungen kennen, geschweige denn, auf Basis dieser Bestimmungen, einen Antrag - auf Französisch - über die zivilrechtliche Haftung in Frankreich beziffern ? Wie komme ich, von Deutschland aus, an diese Liste ? Ich sehe förmlich die Beamten in Nimes vor mir, wie sie sich die Hände reiben. Ist es ihnen, wenn auch nach Jahren, weil der Antragsteller so verbissen um eine Entschädigung gekämpft hat, gelungen, eine Entschädigungszahlung abzuschmettern. Jetzt weiß ich wirklich nicht mehr weiter.

Ich bin fix und fertig. Ich will aufgeben.

Ich bin fix und fertig. Ich will aufgeben. Fast drei Jahre sind seit dem Überfall vergangen, in denen ich verzweifelt um eine Entschädigung gekämpft habe. Meine Frau versucht, mich zu trösten, kann mir in der Sache aber natürlich auch nicht helfen. Ich telefoniere - wieder mal - mit Frau Wüchner-Titze vom Bundesministerium in Bonn. Sie erklärt mir, dass ich meine Ansprüche aufgrund dieser Liste aus Einzelpositionen errechnen muss. Zugang zu dieser Liste haben Anwälte. Das Schreiben von Nimes vom 23. März 2010 toppt folglich noch alle bisherigen Schreiben. Jetzt, so habe ich den Eindruck, will man mich aber voll vor die Wand fahren lassen.
Über diese Hürden komme ich nun wirklich nicht mehr.

> *"Sie werden gebeten, unter Berücksichtigung des beigefügten Gutachtens, Ihre quantifizierten Ansprüche in Form eines Schriftsatzes*

einzureichen, damit ihr Fall so früh wie möglich zur mündlichen Verhandlung (in Nimes) anberaumt werden kann."

Quantifizierte Ansprüche, Schriftsatz, mündliche Verhandlung in Nimes. Was soll das alles ? Was hat das noch mit dem vereinfachten Verfahren nach dem Opferentschädigungsgesetz zu tun ? Ich bin kein in Frankreich zugelassener Anwalt, ich bin Opfer eines Raubüberfalls in Frankreich ! Jetzt haben sie es in Nimes also doch geschafft. Ich gebe - nach rund drei Jahren - unzähligen Telefonaten, e-mails, Einschreiben und Briefen auf.

Jede Antwort aus Frankreich hat eine neue, zusätzliche Hürde bedeutet. Warum macht man das ? Soll das nur so weitergehen, immer neue, immer höhere Hürden ? Warum trifft niemand in Frankreich endlich die lange zugesagte Entscheidung und teilt mir eine Entschädigungssumme mit ? An wen kann ich mich noch wenden ? Den Präsidenten der Französischen

Republik hatte ich ja bereits angeschrieben. Soll ich mich an die Medien wenden, wie mir meine Frau rät ? Aber für die sind Opfer ja nicht interessant genug, bringen kaum Einschalt- oder Verkaufsquoten.

I-c-h k-a-n-n n-i-c-h-t m-e-h-r !

Ich bin selten neidisch, aber ich bin wahrlich neidisch auf die mit Sicherheit gut bezahlten Beamten in Brüssel, die - zur Vereinfachung der Verfahren - immer neue Gesetze, Regelungen usw. erlassen. Wer stoppt endlich diesen Wahnsinn ? Was diese zusätzlichen, zur Vereinfachung geschaffenen Gesetze bedeuten, habe ich in drei leidvollen Jahren erfahren müssen. Ich fühle mich als Opfer nur noch verhöhnt, wenn ich auf den Briefen aus Frankreich lese:

"Wir sind dafür da, Ihnen zu helfen"

Wieder komme ich ins Grübeln. Der bzw. die Täter liegen wahrscheinlich am Boden - und krümmen sich vor Lachen. Vermutlich ist das Verfahren in meinem Fall längst eingestellt worden. Und, falls die Täter doch einmal gefasst werden, dann haben sie das Recht auf einen Anwalt, falls sie sich selbst keinen leisten können, was meistens der Fall ist, und, falls erforderlich, auf einen Dolmetscher. Natürlich alles kostenlos für den Täter und ohne, dass sie sich darum kümmern müssen, Anwalt und Dolmetscher zu besorgen. Darüberhinaus können Täter darauf bestehen, dass ihr Fall in zumutbarer Zeit verhandelt wird.

In was für einer Welt leben wir eigentlich, wo Täter w-e-s-e-n-t-l-i-c-h besser gestellt sind als Opfer !

Ich spreche nochmals mit meiner Frau. Ich werde weiterkämpfen. Den Gefallen tue ich nicht - jetzt - so kurz vor dem Ziel doch noch aufzugeben. Das ist für mich der Ansporn weiterzukämpfen, jawohl, kämpfen, denn es hat sich im Laufe der Jahre wahrlich zu einem Kampf entwickelt, den ich, und das ist das Schizophrene dabei, nicht als Täter, sondern als Opfer durchfechten muss.

Ein selbstgebastelter Schriftsatz für das Gericht

Als erstes, um ja keine formalen Fehler zu begehen oder eine Frist zu versäumen, schicke ich mit Schreiben vom 15. April 2010 einen "Schriftsatz" an das Tribunal in Nimes, versehen mit allen vier Aktenzeichen, Kopie an das Justizministerium, Abteilung Opferhilfe in Paris und an das Bundesministerium für Arbeit und Soziales in Bonn. Also praktisch Antrag Nummer fünf. Darin nenne ich, um das Gericht nicht zu irritieren, nochmals dieselbe Summe, die ich bereits im Antrag Nummer vier genannt hatte. Wahrscheinlich lächelt man jetzt noch in Frankreich über meinen laienhaften "Schriftsatz". Parallel schreibe ich eine E-Mail nach Bonn, in der ich meinen Frust äußere, dass ich seit Jahren um eine Entschädigung kämpfe, die mir meine bis ans Lebensende zerstörte Gesundheit nicht zurückbringt, aber die Folgen des Raubüberfalls zumindest lindern könnte. Ohnmächtig und verhöhnt fühle ich mich.

Welche Post werde ich wohl als nächstes aus Frankreich erhalten ? Wieder nur einen Brief, in dem ich aufgefordert werde, irgendetwas noch beizubringen oder zu erfüllen...?

Von der Opferentschädigungskommission in Nimes habe ich die Anschrift von

"Ordre des Avocats pres de la Cour d Appel de Nimes" vorliegen. Ich könne dort im Erdgeschoß des Justizpalastes in Nimes eine kostenlose Konsultation bei einem Anwalt erhalten. Da Nimes bekanntlich nicht um die Ecke meines Wohnortes liegt, sondern 1.000 km entfernt ist, rufe ich dort erst einmal an. Ich spreche mit einer Dame in der Zentrale und versuche, auf Französisch mein Anliegen vorzubringen. Wir verbleiben, dass sie meinen Anruf weiterleiten will. Ich erhalte keinen Rückruf, also rufe ich am nächsten Tag nochmals an. Ich erreiche wieder nur die Zentrale, ich könne leider nicht zu einem Anwalt durchgestellt werden. Daraufhin schicke ich am 28.April 2010 ein Fax an "Ordre des Avocats" mit der eindringlichen Bit-

te, mich zurückzurufen. Ich habe nie wieder etwas von "Ordre des Avocats" gehört.

Aus der wieder stark erhöhten Korrespondenz aus dieser Zeit ein Zitat aus einer e-mail des Ministeriums:

"Es ist nach wie vor nicht nachvollziehbar, weshalb Ihnen nicht von französischer Seite zumindest ein Entschädigungsvorschlag auf der Grundlage des Gutachtens vorgelegt wird, sondern von Ihnen als Betroffenem ein Gesuch erwartet wird, in dem Sie Ihre Ansprüche beziffern sollen."

Wer zahlt den Anwalt ?

Das Ministerium in Bonn schickt mir eine Liste von Deutsch sprechenden Anwälten in Frankreich. Juristischen Rat selbst darf man ja nicht geben. Es ist klar, dass ich ohne Einschaltung eines Anwalts nicht mehr weiterkomme. Aber wer zahlt den Anwalt ? Das können ja durchaus einige Tausend Euro sein, die ein Anwalt als Vorkasse haben möchte, bevor er tätig wird. Täter brauchen sich darum nicht zu kümmern, denke ich, denen wird kostenlos ein Anwalt beigestellt. Steuerrecht, Arbeitsrecht, Vertragsrecht sind beispielsweise als Schwerpunkte der Anwälte aus der Liste angeführt. Ich finde keinen Schwerpunkt, der annähernd auf mein Anliegen zutreffen könnte. Ich telefoniere mit einigen Anwälten aus der Liste, wo aber meistens der deutschsprachige Kollege nicht am Telefon ist. Ich krame mein Französisch zusammen und versuche, mein Anliegen zu erklären. Endlich spreche ich mit einem Deutsch sprechenden Anwalt in

Paris, der mir zwar sagt, er bzw. seine Kanzlei könne meinen Fall auch nicht übernehmen, da das nicht ihr Schwerpunkt sei, aber er kenne einen Anwaltskollegen, der zwar kaum Deutsch spricht - und deswegen nicht auf der Liste des Ministeriums steht - der aber vermutlich meinen Fall übernehmen könne. Er wird ihn ansprechen und ich solle ihn anrufen. Gesagt, getan ! Ich rufe also den Anwalt in Paris an, der bereits vorinformiert ist und wir sprechen auf Englisch, Französisch und Deutsch über meinen Fall. Ich möge ihm doch alle bisherige Korrespondenz zuschicken. Also stelle ich mich an den Kopierer und mache etwa zweihundertfünfzig Kopien, die ich, zusammen mit einem vierseitigen Anschreiben, per Einschreiben nach Paris schicke. Wir telefonieren wieder und diskutieren u.a. die Entschädigungssumme, die ich im Antrag Nummer vier und fünf angegeben hatte. Der Anwalt klärt mich darüber auf, dass sich in Frankreich eine Entschädigung nach einer Liste richtet bzw. daraus errechnet wird und es eine Maximalsumme gibt, die weit unter meiner angegebenen Summe liegt. Meine Summe, die ich bewusst mit sehr großem Verhandlungsspielraum angeführt hatte, ist uninteressant, denn es wird nicht verhandelt. Er übernimmt also meinen Fall. Dann überweise ich ihm eine vierstellige a-conto-Zahlung.

Schwerbehindert auf Lebenszeit

Zur selben Zeit hatte ich mich an das Hessische Amt für Versorgung und Soziales in Frankfurt gewandt.

Von dort erhalte ich nach einiger Zeit - nachdem man meine Angaben überprüft hatte - einen unbefristeten Schwerbehindertenausweis. Eine Kopie der internationalen Bestätigung schickte ich meinem Anwalt.

Welches Gericht ist zuständig ?

Zwischenzeitlich teilt mir mein Anwalt mit, dass die CIVI im Juli/August Sommerferien hat. Also wieder eine monatelange Verzögerung . Hinsichtlich der Zuständigkeit des Gerichts…
Jawohl, Sie haben richtig gelesen. Das muss alles beachtet werden. Ab sofort kümmert sich mein Anwalt auch um solche Dinge, wie Zuständigkeit des Gerichts. Um neue Zeitverzögerungen zu vermeiden, setzt er das Verfahren in Nimes fort. Er schickt also praktisch Antrag Nummer sechs an das Gericht.

Geht der Rechtsstreit noch jahrelang weiter ?

Am 29. Oktober 2010 schreibt mein Anwalt, dass der Garantiefonds eine Entschädigungssumme anbietet. Ich möge ihm mitteilen, ob ich die Summe ablehne oder annehme. Das Angebot erscheint ihm insgesamt zufriedenstellend. Er weist daraufhin, dass eine Ablehnung wahrscheinlich einen jahrelangen Rechtsstreit mit ungewissem Ausgang bedeuten würde. Ich spreche mit meiner Frau und telefoniere mit Bonn und nehme letztlich das Angebot an. Ich erhalte eine Einverständniserklärung in dreifacher Ausfertigung, die ich mit vollem Namen und Datum unterschreibe. Allerdings weiß ich nicht, dass man unter seiner Unterschrift selbst handschriftlich "Bon pour Accord" (Einverstanden) schreiben muß. Am 20. Dezember schickt mir mein Anwalt alle drei Exemplare, die er vom Gericht zurückerhalten hatte, mit der Bitte zurück, auf allen Exemplaren "Bon pour Accord" zu ergänzen. Am 3. März 2011 teilt mir mein Anwalt mit, dass er die

CIVI bereits zweimal wegen des Geldes, das immer noch nicht eingegangen ist, angeschrieben hat.

Frau Wüchner-Titze vom BMAS ruft an und fragt mich, wie ich mich fühle. Sie erwartet vermutlich, dass ich mich freue, dass jetzt endlich das Geld kommt. Aber nach dem jahrelangen, zermürbenden und frustrierendem Kampf kann ich mich überhaupt nicht freuen. Ich nehme nur zur Kenntnis, dass eine Entschädigung kommen soll und sage, dass ich - nach meinen frustrierenden Erfahrungen der vergangenen Jahre - erst daran glaube, wenn das Geld auf meinem Konto ist und keine Sekunde vorher.

Vier Jahre Demoralisierung und Verhöhnung

Ich schicke eine e-mail nach Bonn, in der ich meinen aufgestauten Frust nochmals von der Seele schreibe:

> *"Als Opfer empfinde ich dieses langwierige, komplizierte und sehr, sehr teure Verfahren als eine einzige Demoralisierung und Verhöhnung. Man kann ja ins Grübeln kommen, ob das so gewollt ist, damit man als Opfer irgendwann völlig entnervt aufgibt und Frankreich sich die Hände reiben kann, da man ja dann die Auszahlung einer Entschädigungszahlung gespart hat.*
> *"Honey soit, qui mal y pense"*
> *(Ein Schelm, der Böses dabei denkt)*
> *Die Frechheit pur ist ja, dass ich als Opfer einen teuren Anwalt bezahlen muss, das Anwaltshonorar noch von meiner Entschädigungszahlung abgezogen wird und*

ich sogar noch Vorkasse leisten muss...

...Denke ich daran, dass man als Täter
sich um all dies nicht kümmern muss, kann
einem schlecht werden vor ohnmächtiger
Wut"

Der Anwalt schickt mir seine weitere vierstellige
Rechnung, dessen Betrag von der
Entschädigungssumme einbehalten wird. Nach Abzug
der Anwaltskosten und der weiteren, bisher von mir zu
tragenden Kosten, die im Zusammenhang mit dem
Raubüberfall entstanden waren, erhalte ich am 31.
März 2011, also fast vier Jahre nach dem Überfall eine
Entschädigungszahlung aus Frankreich, die -
umgerechnet auf eine monatliche Rente - einem Betrag
von rund € 60,- pro Monat entspricht.
Trotzdem bedanke ich mich an dieser Stelle für die
letztlich erfolgte Entschädigungszahlung aus
Frankreich, denn ich habe erfahren, dass
südeuropäische EU-Mitgliedsstaaten bisher keine

einzige Entschädigungszahlung gezahlt haben und osteuropäische nur eine verschwindend geringe Maximalsumme bieten. In Griechenland werden seit kurzem vom griechischen Justizministerium vom Opfer (das ist kein Schreibfehler: natürlich nicht vom Täter, vom Opfer !) € 100,- Verfahrensgebühr gefordert, sonst wird das Entschädigungsverfahren erst gar nicht eröffnet.

Sag ich doch, Täter haben es besser und….wie war das mit der Harmonisierung in der EU ?

PS

Ich höre schon die Entschuldigungen warum es so lange gedauert hat in meinem Verfahren:

Da hat bedauerlicherweise Schreibtisch "A" das nicht umgehend zur Bearbeitung an Schreibtisch "B" geschickt, "C" sollte das ja an Schreibtisch "D" weiterschicken. "E" wusste nicht, dass er es bearbeiten soll, "F" hat vorsichtshalber einen neuen Antrag gefordert, "G" hat das alles erst einmal an "C" zurück geschickt, oder war es doch an "A", vielleicht auch an "E"?

Ach, ich weiß jetzt auch nicht mehr!

Nachwort

Mein Dank gilt dem WEISSEN RING, dem gemeinnützigen Verein zur Unterstützung von Kriminalitätsopfern. Er hat mir umgehend mit Rat und Tat geholfen, eine Soforthilfe geleistet und die entscheidenden Hinweise gegeben, wie ich evtl. eine Entschädigung für die schwere Behinderung durch den Raubüberfall erlangen könnte. Damit Opfern von Kriminalität - jeder kann jederzeit im In- und Ausland Opfer werden - weiterhin geholfen werden kann, fließen 20 % aus dem Erlös dieses Buches an den WEISSEN RING. Die Abrechnung wird auf meiner Homepage veröffentlicht: www.hans-juergengrebe.eu

Mein ganz besonderer Dank gilt Frau Wüchner-Titze vom Bundesministerium für Arbeit und Soziales in Bonn. Jeder, der meinen frustrierenden Kampf um eine Entschädigungszahlung gelesen hat, kann nachvollziehen, dass ich ohne die Unterstützung durch das Bundesministerium, in meinem Fall in Person von Frau Wüchner-Titze, nicht weitergekommen wäre, oft im Laufe der Jahre hätte aufgeben müssen.

Es ist folglich mehr als nur wichtig, es ist ganz entscheidend für Opfer, dass - unabhängig von Budgetüberlegungen - im Bundesministerium eine solche Ansprechstelle für Opfer erhalten bleibt, um konkrete Hilfe erhalten zu können.